Između komšija

Višnja Savić

Published by Višnja Savić, 2018.

This is a work of fiction. Similarities to real people, places, or events are entirely coincidental.

IZMEĐU KOMŠIJA

First edition. February 1, 2018.

Copyright © 2018 Višnja Savić.

ISBN: 979-8224587391

Written by Višnja Savić.

Tog proleća navršavalo se skoro godinu dana koliko sam se viđala sa Filipom, momkom iz blokova. Nismo bili baš pravi par, niti je to bila ozbiljna veza. Išli smo zajedno u srednju školu, rastali se na fakultetu, a onda se ponovo slučajno sreli na nekoj žurci. Nakon pola sata razgovora već smo se povatali na nekom kauču, a odmah zatim i potucali u jednoj od mračnih soba tuđeg stana. Razmenili smo telefone i on me je nazvao odmah sutradan. Ponovo susret i ponovo tucanje. Od samog početka, dogovorili smo se da ne ulazimo u ozbiljnu vezu. To nam je oboma odgovaralo. Koliko god da mi je prijao seks sa njim, i dalje smo jedan drugog gledali kao kolegu iz srednje škole. Osim toga, on je radio a ja završavala fakultet, i nije mi bila potrebna nikakva emotivna drama.

U vreme dok smo se viđali, imala sam i jednu 'ozbiljnu vezu'. Tip sa mog fakulteta, ne mnogo lep ali zgodan i jako jebozovan. Bio je par godina stariji i bila sam srećna mesec dana sa njim. Toliko srećna da sam čak i napravila pauzu sa Filipom. On je znao za njega, odmah sam mu rekla. Nije mu smetalo, čak je predložio da nastavimo da se viđamo, iako sam imala tu, kao ozbiljnu vezu. Ali meni je bilo glupo. Izgledalo mi je kao da ga varam, iako i nismo imali pravu vezu. Prekinula sam da se viđam s njim, i nadala se da će se veza sa kolegom sa faksa biti uspešna.

Mesec dana kasnije, uhvatila sam ga kako tuca neku plavušu. I to ne bilo gde, nego u wc-u našeg fakulteta. Bila je to neka klinka, čak mislim da je bila brucoš. Ušla sam u ženski wc i zatekla ih pored ogledala. Nisu se čak ni potrudili da uđu u kabinu i sakriju, ne znam kako se nisu plašili da ih neko vidi. Stala sam potpuno zapanjena, nisam mogla da se pomerim. Očekivala sam da on nešto kaže, ali nije čak ni prekidao da je tuca. Nastavio je da mirno ulazi u nju dok su me oboje gledali, a onda je čak ispružio ruku prema meni. 'Dođi', rekao mi je. Samo sam se okrenula i otišla.

To popodne sam provela u plakanju. Stvarno sam očekivala mnogo od te veze, mada ni sama nisam znala zašto. Verovatno sam samo želela da uspe, bez nekog razloga da verujem da će stvarno i biti tako. Najviše me je povredilo to što me je tako pozvao da im se pridružim. Šta je očekivao, da napravimo trojku u wc-u? Nisam mogla da verujem da me je tako video.

Kad sam se isplakala, uveče sam nazvala Filipa. To je bilo jedino što sam mogla. Pozvao me je da odmah dođem. Ispričala sam mu sve, i on me je tešio. Toliko me je tešio da sam na kraju legla sa njim u krevet. Ali uspelo je. Nakon nekoliko orgazama, ponovo sam bila smirena. Filip je zaspao u krevetu a ja sam ležala budna pored njega. Pušila sam cigarete i razmišljala o onome što se desilo na fakultetu. Tek onako opuštena, mogla sam sebi da priznam da razumem zašto me je moj momak onako pozvao da se tucam sa njima. Jednostavno, tako sam izgledala tipovima. Ne znam ni sama zašto, tako sam valjda zračila, kao neko ko može da se tuca uvek i u svim prilikama.

Nije bilo ni jednog razloga da tako misle o meni. Uvek sam se pristojno oblačila i pristojno ponašala. I sve moje prijateljice su bile normalne devojke. Čak mislim da sam čak i među njima normalnima uvek bila najpristojnije obučena. Dok su one nosile miniće i uske izazovne stvari, ja sam nosila široke suknje i košulje. Često su me zezale da sam kao učiteljica među njima. Što i nije bilo tako pogrešno. Kad bih se pogledala u ogledalo pred izlazak, ponekad sam i samoj sebi izgledala tako. U širokoj odeći, sa naočarima i vezane kose, stvarno sam ličila na učiteljicu.

Ali ono što me je razlikovalo od njih je to što sam ja stvarno volela da se tucam. Dok su se one zezale sa tipovima i privlačile pažnju samo radi dobijanja pažnje, ja sam flertovala samo sa onima koje sam želela. I dok su one redom odbijale tipove jer im je uvek nešto falilo na njima, ja sam se tucala sa svakim sa kojim sam to želela. One su uglavnom imale neki problem u seksu, ili su retko uspevale da svrše, ili nikad nisu imale orgazam. Ja nikad nisam imala taj problem. Uvek sam svršavala, ponekad i nekoliko puta za redom. Stvarno sam volela da se jebem. To nije bilo nešto što je bilo vidljivo na meni, ali izgleda da su muškarci to nekako mogli da osete.

Već sutradan nakon seksa sa Filipom, zaboravila sam na tog bivšeg tipa. Koliko god da mi je prijao seks s njim, nisam želela da imam ozbiljnu vezu sa muškarcem koji ima takvo mišljenje o meni. Filip mi je odgovarao, zbog toga nisam ni tražila novog tipa. Spremala sam završne ispite na fakultetu i dolazila kod njega jedanput dnevno po svoju porciju opuštanja. Još uvek je živeo sa roditeljima. Tucali smo se u njegovoj sobi, i uglavnom bih se vratila kući iste večeri. Dobro smo se slagali i znali šta jedno drugom treba i odgovara.

Onda sam jednog dana rešila da ga iznenadim. Bila sam kod svoje najbolje prijateljice, Milice, koja je živela u bloku preko puta njegovog. Dok smo pile kafu, prepričavala mi je dogodovštine sa svojim momkom. Imala je toliko zanimljive priče da sam se od njih napalila i pre nego što sam ispila sve iz šoljice. Sedela sam pored nje, smeškala se i klimala glavom, nadajući se da neće primetiti moju uzbuđenost. Ubrzo mi je postalo jasno da ću morati da odem do Filipa ranije, iako to nisam bila planirala. Jedva sam sačekala da napravi neku pauzu, da bih mogla da se ubacim u njenu priču. Izvinila sam joj se i rekla da moram da idem.

Nisam ni bila sigurna da je Filip kod kuće. Ali dok sam slušala Milicinu priču, svo vreme sam zamišljala kako ću tog dana nenajavljena doći kod njega, ući u njegovu sobu i samo skočiti na njegov kurac. Brzo sam izašla iz njene zgrade i pretrčala ulicu na crvenom svetlu, samo da bih što pre stigla.

Stigla sam do njegove zgrade, pretrčala nekoliko stepenika i ušla u hodnik. Njegov komšija Darko čekao je lift. Bilo mi je čudno što ga još uvek uopšte pamtim. Prenula sam se kad sam ga videla. Da je neko drugi tamo stajao, možda bih se iznenadila, ali ne bih se tako trgnula. Ali bilo je nečega u njemu. Nečeg što me je skoro plašilo. Pored toga što je bio jako jebozovan, naravno. Filip nas je upoznao samo jednom, proveli smo petnaestak minuta ispred zgrade pričajući. Zapamtila sam kako me je bezobrazno odmeravao bez stida, iako je Filip stajao pored mene.

Začudila sam se što je i on mene odmah prepoznao. Nasmešio mi se i pozdravio me, kao da smo stari drugari. Odjednom mi više nije izgledao onako opasno. Stala sam pored njega i trudila se da sakrijem napaljenost dok smo čekali lift. Pitao me je neka obična pitanja - kako sam, šta radi Filip, kako ide faks i sve tako. Odgovarala sam ljubazno i kratko, želeći da što pre stignem gore.

Ušli smo u lift i vrata su se zatvorila za nama. Ponovo smo zaćutali. Mogla sam da osetim kako duboko dišem dok mi je srce malo ubrzano lupalo. Trebalo mi je tucanje. Gledala sam ispred sebe, ali sam ponovo primetila njegove poglede na sebi. Ponovo je izgledao isto kao na našem prvom susretu. Kao da se svakog trenutka spremao da skoči na mene.

"Znači, ti si Filipova devojka?"

"Jesam"

I dalje sam gledala ispred sebe. Osećala sam kako njegov pogled klizi po mom telu.

"Filip je uvek imao lepe devojke"

Nisam ništa rekla. Samo sam i dalje gledala u vrata i jedva čekala da se otvore. Kad smo stigli, izletela sam napolje.

"Ćao"

Ostavila sam ga iza sebe u liftu iako sam znala da živi na istom spratu. Brzo sam otišla do Filipovog stana i pozvonila. Čula sam kako Darko iza mojih leđa izlazi iz lifta i otključava svoja vrata. Malo sam popravila kosu i ispravila košulju dok sam čekala. Trudila sam se da izgledam uobičajeno, za slučaj da neko od njegovih roditelja otvori. Onda sam pozvonila još jednom. Pa još jednom. Niko nije otvarao. Pozvala sam ga telefonom. Nije bio u Beogradu, morao je hitno da otputuje. Što se nisam najavila? Jebiga.

Uzdahnula sam i polako se vratila do lifta. Napaljenost mi je malo splasnula, ali i dalje mi je trebao seks. Nije baš da sam morala, ali sam bila spremna. Uzdahnula sam i pozvala lift. Planirala sam da uzmem taksi do kuće, a tamo ću već lako sama.

Dok sam čekala lift, ni sama ne znam zašto, ruka mi je sama od sebe krenula preko butina do mesta između nogu. Nikad ranije to nisam radila. Dodirnula sam šlic farmerki, a onda lagano stegnula pičku. Sasvim na kratko, u prolazu. Ali dovoljno da sam zbog toga tiho uzdahnula u praznom hodniku. Osvrnula sam se oko sebe. Nije bilo nikog u hodniku.

Ruka mi se sama vratila na farmerke. Poklopila sam prstima deo između butina i dlanom polako prelazila preko tkanine. Dodirnula sam se misleći na Filipa, ali odmah zatim misli su mi odlutale ka njegovom komšiji, Darku. Zatvorila sam oči i maštala o tome kako se tucam sa njim. Osetila sam vlažne gaćice na usminama i poželela da imam hrabrosti da gurnem ruku unutra. Poželela sam da svršim tu, ispred lifta, u praznom hodniku. Umesto toga, samo sam grizla usnu i tiho stenjala.

A onda sam odjednom osetila nečije ruke na svojim kukovima. Njegovi veliki dlanovi su me okrenuli ka sebi. U prvom trenutku sam se obradovala, mislila sam da je Filip ipak stigao. A onda sam videla Darkovo napaljeno lice ispred sebe. Čvrsto me je držao i pokušavao da me poljubi poluzatvorenih očiju. Stavila sam dlan na njegove grudi i gurala ga od sebe.

"Ne! Šta to radiš?"

Moja druga ruka je i dalje grčevito stezala šlic. Toliko o mom iskrenom pokušaju odbijanja. Darko me je i dalje privlačio sebi. Baš je bio navalio. Znala sam da je primetio šta sam radila u hodniku. Vrata lifta su se otvorila iza mojih leđa i on me je ugurao unutra. Čim smo ušli nabio me je uza zid. Sklonio mi je ruku sa bedra i snažno me zgrabio za pičku. Uzdahnula sam glasno. Na trenutak smo se pogledali. Oboje smo bili napaljeni. Poljubio me je i od toga mi se zavrtelo u glavi. Shvatila sam koliko želim to.

Spustio je ruku do mojih sisa i gnječio ih kroz košulju dok smo se ljubili. Njegov dlan je i dalje snažno trljao mesto između mojih butina.

Osetila sam kako je sklonio ruku sa sisa i sledećeg trenutka počeo je da mi obema rukama otkopčava farmerke.

”Ne!”

Vrisnula sam. Stvarno sam to i mislila. Koliko god da sam bila napaljena, i koliko god dam sam do malopre maštala o tome, nisam stvarno želela da se tucam sa njim. Mogla sam da se tucam sa bilo kim, Filip mi to ne bi zamerio, ali bilo mi je nepristojno da se jebem sa njegovim prvim komšijom. Nije mi izgledalo u redu, ne bih znala šta da mu kažem ako bi saznao.

Ali Darko nije odustajao. Otimala sam se, gurala ga, čak sam ga i šutnula. Vrtela sam kukovima koliko sam mogla, ali on je ipak uspeo da mi otkopča dugme i šlic. Odmah mi je zavukao ruku u gaćice. Smirila sam se kad je počeo da mi drka. Samo sam zatvorila oči i prepustila se njegovim prstima.

Vrata lifta su se ponovo otvorila i on me je izgurao napolje. Stao je iza mene i polako me gurnuo ka vratima. Osetila sam njegov tvrdi kurac na dupetu. Njegovi prsti su mi i dalje trljali vlažne usmine dok smo polako koračali zajedno. Videla sam da smo u podrumu. Prislonio me je uza zid i pribio se uz moja leđa. Oslonila sam obraz na hladan zid i osetila kako me ponovo dlanom hvata za sisu. Bila sam opuštena. Prijalo mi je da osetim njegove dlanove na sebi. Prsti druge ruke su mu polako prelazili između vlažnih usmina. Potpuno sam mu se prepustila.

Osetila sam njegov tvrdi kurac kroz pantalone. Sve snažnije pritiskao od pozadi. Brzo ga je trljao je o moje dupe, i samo sam se nadala da me ipak neće jebati.

Sklonio je dlan sa sise i brzo mi spustio gaćice do butina. Nisam stigla da odreagujem. Slušala sam njegovo napaljeno dahtanje iza mojih leđa a odmah zatim i zvuk povlačenja rajfešlusa. Trgnula sam se kad sam to čula. Odmah nakon toga me je ponovo okrenuo ka sebi. Uhvatio me je za dlan, povukao ga ka sebi i stavio između svojih nogu.

Iznenađeno sam se trgnula kad sam osetila taj veliki kurac. Čim sam ga dodirnula instinktivno sam ga uzela u dlan. Imala sam duge prste, ali bio je toliko debeo da nisam uspela da ga čitavog obuhvatim. Čula sam svoj duboki uzdah, nisam to mogla da sakrijem. Pogled mi se spustio na dole, želela sam to i da vidim, ali u polumraku podruma nisam uspevala.

Ponovo sam podigla pogled ka njemu i pogledala ga u oči. Gledao me je netremice kroz poluspuštene kapke dok je prelazio prstima preko moje pičke. Njegov tvrdi i debeli kurac mi je brzo pulsirao u dlanu. Počela sam da mu drkam. Odjednom mi je postalo jako uzbudljivo. Drkala sam Filipovom komšiji, i to je bilo uzbudljivije nego da sam se jebala sa nekim drugim. Sa bilo kim drugim. Delovalo je kao da sam zbog toga nekako postala bliža Filipu, a opet, izgledalo je kao bezobrazna i opasna prevara.

Gledali smo se u oči napaljeno i brzo disali. Nisam mogla da skinem pogled sa njega. Tek tada sam stvarno prihvatila koliko se ložim na njega, od onog našeg prvog susreta. To je verovatno i bio razlog što sam ga zapamtila. Gledala sam njegove muževne crte lica u polumraku podruma, slušala njegovo duboko dahtanje i uživala što je toliko napaljen zbog mene. Njegovi prsti su sve brže prelazili preko mog klitorisa. Snažno mi je gnječio sisu dok sam se grčevito držala za njegov vrat.

Spustila sam glavu na njegove grudi kad je telo počelo da mi drhti. Zatvorila sam oči i tiho kriknula. Odjeknulo je u praznom podrumu. Onda sam ponovo podigla pogled ka njemu i nastavila da svršavam gledajući ga netremice u oči.

Tek kad su prestali poslednji trzajevi, postala sam svesna da bi neko mogao da naiđe i vidi nas tako. Svetlost iz lifta nas je obasjavala pored zida. Na stepenicama nije bilo nikog, ali svakog trenutka je neko mogao da se pojavi i da nas zatekne tako. Ruka mi je i dalje stajala obavijena oko njegovog vrata. Košulja mi je bila raskopčana, ne znam ni kad je to uradio. Beli brus je skoro sijao u polumraku, a on je držao oba dlana na njemu. Stezao mi je sise i gledao pravo u oči. Farmerke su mi bile spuštene do članaka a gaćice su skliznule dole za njima.

Ali, nisam prekidala da mu drkam, i pored straha da će nas neko videti. Nisam mogla da prekinem. Osećaj takvog kurca u dlanu mi je i dalje bio fascinantan. Bio je prosečne dužine, ali je bio baš debeo. Mislim da čak ni nokte nisam osetila na palcu, ni tako nisam mogla da ga obuhvatim. Pored toga, imao je veliki i tvrdi glavić. Pod prstima sam mogla da osetim da je obrezan. Uzdahnula sam. Pomislila sam da je definitivno bolje što me nije tucao. Ne znam kako bih mogla da primim to veliko čudovište u sebe.

I dalje smo se gledali dok sam brzo pomerala ruku po njemu. Poželela sam da ga poljubim. Približila sam mu se i dodirnula mu usne. Jezici su nam se prepleli i on je uzdahnuo. Učinilo mi se da je blizu svršavanja. Stavio mi je ruku na rame i pokušao da mi da do znanja da želi da kleknem. Gurao mi je rame na dole, ali sam se izmaknula. Nije mi padalo na pamet da mu popušim. Nisam više bila tako napaljena, a i nismo bili toliko bliski za tako nešto. Sklonila sam se u stranu i uspravila mu kurac ka zidu.

Istog trenutka počeo je da ga prska. Stenjao je glasno dok je svršavao. U polumraku podruma zadivljeno sam posmatrala kako mlazevi sperme brzo izleću iz njega i zapljuskuju zid. Skoro da sam mogla da čujem kako kako udaraju po belom kreču. Drkala sam mu što sam brže mogla, dok nisam osetila njegov dlan preko svog. Vodio me je još brže preko svog kurca dok je svršavao. Zagrlio me je i privukao sebi. Stegnuo mi je dupe i glasno dahtao zatvorenih očiju.

Podigla sam gaćice i pantalone nakon toga. Bez nekog razmišljanja, liznula sam kapljicu sperme koja mi je ostala na prstu. I istog trenutka zažalila. On je to primetio, i izgledao kao da mu se dopalo. Bilo me je skoro stid od toga. Kao da smo postali prisniji nego što sam želela da misli da jesmo. Brzo sam zakopčala farmerke i ušla u lift. Pritisnula sam dugme i naslonila se na zid. Posmatrali smo se dok se vrata nisu zatvorila.

Izašla sam iz zgrade sa njegovim ukusom u ustima. Morala sam da priznam da je bio lep. Ali sam obećala sebi da to više neću ponoviti.

Sutradan me je Filip nazvao. Izvinjavao se što mi nije rekao da neće biti tu, morao je negde da vozi roditelje, a vratili su se kasno. Dogovorili smo susret za to veče. Jedva sam čekala da dođe trenutak da krenem. Osećala sam grižu savesti zbog onoga što se desilo juče. Kao da sam ga prevarila i kao da sam ja bila kriva za to. Čitavo popodne sam se spremala.

Malo sam strepela od Darka. Nisam znala da li ću ga videti ispred zgrade. Ponovo mi je delovao nekako nepredvidljivo. Mogla sam lako da zamislim da će me čekati ispred ulaza. Ali istovremeno, dok sam se oblačila, oblačila sam se i za njega. Jedan deo mene se nadao da će me čekati.

Obukla sam svoje šarene crno-bele helanke. One su mi najbolje stajale i mislim da su bile nešto najizazovnije što sam imala u svojoj garderobi. A želela sam da izgledam dobro. Gore sam obukla belu, skoro providnu košulju i ispod nje crni čipkani brus. I naravno, za slučaj da do neželjenog susreta sa Darkom ipak dođe, obukla sam nove crne čipkane gaćice. Oko vrata sam stavila ogrlicu od lažnih bisera, nekoliko narukvica i prstenje. Polako sam se našminkala i čekala na vreme.

Bilo je već veče kad sam stigla ispred njihove zgrade. Polako sam ušla u nju, očekujući da svakog trenutka Darko odnekud skoči na mene. Ponavljala sam sebi kako to ne želim, ali istovremeno, osećala sam koliko me pali pomisao da bi ponovo mogao da me zgrabi, odvuče u podrum i tamo divljački izjebe.

Ali, hodnik je bio prazan. Kao i lift. Na njihovom spratu isto tako nije bilo nikoga. Skoro da sam bila razočarana.

Filip mi je otvorio vrata. Pozdravila sam se sa njegovim roditeljima i pošla za njim u sobu. Čim je zatvorio vrata za sobom, izvadila sam mu kurac i kleknula ispred njega. Odmah sam počela da mu pušim. Malo zbog toga što mi je nedostajao a malo zbog toga što sam i dalje osećala grižu savesti. Kao da sam ga prevarila. I kao da sam nastavila da ga varam time što sam uopšte mislila na Darka. Želela sam da učinim da uživa i pušila mu kao nikad do tad. Jedva je uspeo da me odvoji od kurca i dovede do kreveta.

Sela sam mu u krilo i zagrlila ga oko vrata. Prošaputala sam dok sam polako pomerala bedra po njegovom kurcu.

"Nedostajao si mi".

"I ti meni"

Prolazila sam mu rukom nežno kroz kosu.

"Nisi tamo našao neku jebačicu?"

Nasmejao se.

"Ti si moja glavna jebačica"

Poljubili smo se i ja sam ustala. Polako sam skinula helanke i gaćice dok sam mu gledala kurac. Bio je duži od Darkovog, ali mnogo uži. Filip me je netremice gledao dok sam se svlačila, a onda je povukao pantalone niže i pomogao mi da mu ponovo sednem u krilo.

Čim sam se nabila na kurac počela sam da ga jašem. Dva dana ga nisam osetila i stvarno mi je nedostajao. Filip mi je otkopčao košulju, svukla sam je sa sebe dok sam skakutala po njemu. Uzdahnula sam kad mi je skinuo brus. Uzeo je sise u svoje dlanove, sagnuo glavu ka njima i ljubio ih dok sam ga jebala. Zagrlila sam ga oko vrata i zatvorila oči. Istog trenutka sam se setila Darka. Njegovih snažnih ruku na sebi i ogromnog debelog kurca. Bilo mi je žao što mu nisam barem popušila, da ga bolje osetim.

Dok sam maštala kako Darko zabija svoju kurčinu u mene, brzo sam svršila. Nagnula sam se napred i prislonila usne na Filipov vrat. Svršavala sam tiho, ćutke i zatvorenih očiju. Filipove ruke su me čvrsto držale za dupe dok mi je telo podrhtavalo u orgazmu.

Čim sam podigla glavu, ustao je. Nije ga vadio iz mene, samo je ustao sa mnom u naručju. Okrenuo se ka krevetu i polako nas spustio dole. Počeo je da me brzo jebe čim sam legla na leđa. Gledala sam njegovo oznojano lice iznad sebe i videla da sam i ja njemu stvarno nedostajala. Milovala sam mu leđa dok sam ga primala duboko u sebe.

Zatvorila sam oči i uživala. Prijalo mi je jebanje i ubrzo sam osetila kako se ponovo uzbuđujem.

Ponovo sam otvorila oči kad sam čula njegovo glasno stenjanje. Čim ga je izvadio malo sam se pridigla. Opkoračio me je i drkao ga brzo iznad mojih sisa. Glasno sam uzdahnula kad je počeo da me prska. Tople kapljice su padale po mojim sisama i licu. Svo vreme sam gledala u kurac dok je sperma izlazila. Onda sam se malo pridigla i uzela ga u usta. Prijalo mi je da osetim poznati ukus na usnama.

Ali u tom trenutku nisam o tome razmišljala. Bilo me je skoro sramota od sebe same što sam pomislila kako mi je njegov kurac odjednom nekako previše uzan. U poređenju sa Darkovim, izgledao je skoro kao olovka u mojim ustima.

Nije mi prijalo što tako razmišljam. Da u krevetu svog momka maštam o kurcu njegovog druga. Zbog toga sam ponovo počela da mu pušim. Ali ubrzo ga je izvukao iz mojih usta. Legao je pored mene i rekao da je još uvek umoran od puta. Pričao je i kako sutra ima neke obaveze, ali nisam više slušala. Nadala sam se da će me tucati još jednom i bila malo razočarana. Još malo smo pričali, a onda sam ustala i obukla se. Ispratio me je do vrata, poljubio i rekao da ćemo se videti sutra.

Došla sam do lifta i čim sam pritisnula dugme, začula sam otvaranje vrata sa suprotne strane. Darko je izlazio u hodnik. Nasmešio mi se i pristojno smo se pozdravili. Oboje smo se ponašali kao da juče nismo drkali jedno drugome. Ponovo me je pitao kako sam, i pričali smo neke uobičajene stvari. Kao da se ništa nije desilo i kao da smo najnormalniji slučajni poznanici u hodniku zgrade. A onda smo ušli u lift i odjednom se ponovo sve promenilo.

Zaćutao je. Nije me više pitao kako sam. Osetila sam njegovu ruku na svom dupetu. Uhvatio ga je kao da je to bilo nešto najnormalnije. Kao da sam njegova devojka, pa je on eto poželeo da me pomiluje po dupetu. Videla sam koje dugme je pritisnuo, ali nisam ni morala da gledam. Znala sam da me vodi u podrum, znala sam da će tako biti čim sam ga videla u hodniku. Verovatno je čekao da izađem iz Darkovog stana, baš kao što sam i pretpostavila da će uraditi.

Nisam ništa rekla. Ni samoj sebi nisam bila jasna. Želela sam da budem blizu njega i želela sam nešto sa njim. Samo nisam htela da se tucamo. To mi je izgledalo kao zvanična prevara. Zbog toga sam samo ćutala dok mi je njegov dlan lagano milovao i stezao dupe.

Vrata su se otvorila. Uzdahnula sam i prva koraknula u mrak. Odmah sam se naslonila na zid. Kad je stao ispred mene, ispružila sam ruke i otkopčala mu šlic. Jedva sam čekala da ponovo stavim dlan na njega. Osetila sam kako mi brzo svlači helanke. Kleknuo je ispred mene pre nego što sam uspela da ga uhvatim za kurac. Posmatrao je moja bedra uzbuđeno nekoliko trenutaka. Ubrzano sam disala dok je prstima prelazio preko mojih vlažnih gaćica. Gledao ih je zadivljeno a onda ih polako skinuo. Zagledao se u moju pičku i poljubio je.

Ponovo je ustao. Uzeo je kurac u ruku i približio mi se. Videla sam da je ponovo imao nameru da pokuša da me jebe. Stavila sam dlanove preko pičke i skupila noge.

"Ne!"

Učinilo mi se sam čula da je nestrpljivo coknuo jezikom. Znala sam da je mogao da me siluje bez problema, da me izjebe kako god je hteo u tom podrumu, i niko me ne bi čuo. Možda sam to i želela. Da ga nabije u mene, da ne pita ništa, da se ne obazire na moja odbijanja, da me uzme na koji god način je želeo... Tako barem ne bih osećala krivicu.

Ali nije to uradio. Brzo sam ponovo navukla gaćice i helanke i uzela kurac u ruku. Počela sam polako da ga drkam i nadala se da ćemo ponoviti scenu od prethodne večeri. Ali on je imao drugi plan.

Osetila sam njegov čvrst stisak na laktovima. Zgrabio me je i naglo okrenuo ka zidu. Prislonio me je na njega i odmah zatim sam osetila njegov tvrdi kurac na dupetu. Protrljao ga je nekoliko puta po njemu, a onda ga spustio niže. Gurnuo je kurac ispod dupeta i zavukao mi ga između butina. Njegov debeli tvrdi kurac se trljao ispod moje pičke. Skupio mi je stopala svojim stopalima. Prislonila sam koleno jedno uz drugo a on me je uhvatio za butine, kao da je želeo da ih priljubi što više. Osetila sam kao da mi je neko gurnuo granu između nogu i pomerao je napred-nazad.

Prislonila sam obraz na zid i slušala ga kako ubrzano dahće. Nabijao se između mojih nogu još neko vreme, a onda ga je izvadio. Ponovo mi ga je prislonio na dupe i ponovo sam imala osećaj debele grane na sebi. Uzdahnula sam. Spustila sam ruku i gurnula dlan u gaćice dok se trljao o mene. Pička mi je bila potpuno vlažna. Nekoliko puta sam potapšala usmine a onda odmah počela da trljam klitoris. Njegove ruke su se zavukle ispod mojih miški. Zgrabio me je za sise i stezao ih. Oboje smo dahtali uzbuđeno dok je trljao svoju batinu sve brže. Zatvorenih očiju sam vlažnim prstima prelazila preko klitorisa i uživala u osećaju njegovog kurca.

A onda sam se setila i otvorila oči.

”Nemoj ni slučajno na helanke”

Filip je voleo te helanke, i voleo je da me vidi u njima. A takve više nisu mogle da se kupe. Nisam smela da imam fleku na njima. Trebalo je da se još dugo šetam u njima pred momkom.

Darko je ćutke dahtao iza mene. Nije prekidao da se trlja ni na trenutak. A onda je konačno progovorio.

”Samo ako klekneš...”

Nije mi padalo na pamet. Probala sam da se okrenem.

”Ne zezam se. Neću da mi svršiš na helanke”

Ništa nije odgovorio. Nastavio je da se trlja između mojih guzova. Odjednom mi moja uzbuđenost više nije bila tako važna. Samo sam razmišljala o spermi i flekama. Nadala sam se da nema predsemene tečnosti koju će razmazati po tkanini.

Nisam znala šta će da uradi. Mogao je da svrši na helanke, a mogao je i da me povuče dole i isprska mi lice. Nadala sam se da će da isprska zid kao i ranije. Ali odlučila sam da će to što uradi, šta god to bilo, uticati na moje ponašanje prema njemu u budućnosti. Pomislila sam kako više neću želeti da ga vidim ako me ne posluša. To mi je u tom trenutku bilo jako važno.

Slušala sam ga kako iza mojih leđa diše brzo, dok mu je vrela batina sve brže prelazila preko mog dupeta. Znala sam da je svršavanje blizu. Nervozno sam očekivala šta će da uradi. Na trenutak se izmakao, i jednim odlučnim pokretom ruke povukao helanke do butina. Ponovo je nabio kurac uz mene i nastavio da se trlja preko gaćica. Uzdahnuo je kad ih je osetio. Protrljao je kurac nekoliko puta po njima, a onda je ponovio pokret od malopre i svukao i njih.

Duboko sam uzdahnula kad sam osetila vrelinu njegovog kurca na svojoj koži. Guzovi su mi se raširili da ga prime između. Držao me je za bokove dok je brzo trljao kurac.

Kad je počeo da svršava, podigao mi je košulju na gore da je ne isprska. Odmah zatim sam osetila kako mi vrela tečnost prska leđa. Snažno me je pritisnuo na zid dok je svršavao. Osetila sam toplotu njegovog vrelog semena na koži, slivalo se sa leđa, curilo niz kičmu, ispunjavalo procep na mom dupetu. Činilo mi se da tom prskanju nema kraja.

Njegovo disanje postalo tiše i kurac se sve sporije pokretao po meni. Dok je razmazivao spermu po mom dupetu, ponovo sam se opustila. Bila sam zadovoljna. Znala sam da je mogao da uradi šta god je hteo, a ipak je poštovao ono što sam mu rekla. Čak je pazio i na moju košulju.

Ponovo sam počela da trljam ribicu prstima. Zagrlio me je od pozadi i uhvatio za sise. Milovao ih je polako dok sam drkala. Njegov topli kurac je još uvek polako klizio po meni. Čula sam ga iza sebe kako mi šapuće na uvo.

”Hoću da te jebem”

Zatvorila sam oči i nastavila da drkam brže.

”Jel me čuješ? Hoću da uđem u tebe, hoću da te jebem”

Zastenjala sam od zvuka njegovog glasa, dok sam zamišljala kako to stvarno i radi. Primetio je da me to loži pa je nastavio.

"Sutra ću te jebati, baš ovde. Znam da hoćeš da te tucam i ako se i dalje budeš femkala, ući ću na silu. Ako se ne pojaviš ovde, doću ću na faks i jebaću te tamo. Ući ću na predavanje, izvesti te napolje, odvešću te u vece, izjebaću te tamo. Ako si sa drugaricama, uhvatiću te za ruku i odvući u prvu slobodnu slušaonicu. Pocepaću sve sa tebe, nabiću ti ga do kraja i neću ga vaditi dok ne svršiš deset puta. Jebaću te tamo ceo dan, a onda ću te odvesti kući. Prskaću te spermom dva dana, neću te puštati napolje sve dok ne priznaš da hoćeš da se tucaš sa mnom"

Počela sam da svršavam u pola njegove priče. Njegov dubok glas i to što je rekao me je napalilo kao nikad do tad. Jecala sam sve glasnije sve dok nisam kriknula tako glasno da je odjeknulo kroz čitavu zgradu. Njegova ruka mi je čvrsto stegnula sisu dok sam se tresla u njegovom naručju. Kolena su mi klecala i samo me je on držao da ne padnem.

Ostali smo nepomični nekoliko trenutaka nakon što sam završila. Odmaknula sam se od njega, iako to nisam želela. Prijalo to što sam još uvek osećala njegov vlažni kurac na dupetu. Ali nisam smela da mu pokažem koliko mi prijal

Želela sam da brzo odem, da zbrišem kao i dan pre toga, ali nisam mogla. Prešla sam dlanom preko vlažnog dupeta. Veći deo sperme koža je već bila upila. Obrisala sam maramicom ostatak i navukla helanke. Ponovo sam se setila kako je lepo što nije svršio na njih. Pogledala sam ga. Bila sam sigurna da je odmah mogao da me tuca, ali nije navaljivao. Kleknula sam i brzo mu liznula glavić. Nisam ga uzimala u usta, samo sam jezikom pokupila kapljicu sperme. Onda sam ustala i krenula ka liftu.

Uhvatio me je za ruku i zadržao. Pogledala sam ga iznenađeno.

"Ono malopre", rekao je, "Nisam se šalio. Hoću da te jebem sutra"

Nisam ništa rekla. Čekala sam da mi pusti ruku a onda sam ušla u lift. Naslonila sam se na zid i pogledala ga.

"Obuci suknju", rekao je pre nego što su se vrata zatvorila.

Sutradan je trebalo da odem na faks, ali nisam otišla. Pola jutra sam provela u krevetu razmišljajući. Preko dana je trebalo da učim, ali sam ubrzo odustala. Svo vreme sam razmišljala o svom momku i njegovom komšiji. To razmišljanje je dovelo do maštanja, i ubrzo sam drkala u stolici, dok sam sedela ispred otvorenih knjiga iz kojih je trebalo da učim.

Kad sam se opustila, ponovo sam razmišljala o tome šta da radim. Znala sam da će me Darko tucati pre ili kasnije ako se ovako nastavi. Ako mu ne budem dala, silovaće me, u to sam bila sigurna. Videla sam koliko je napaljen na mene, i znala sam da neće izdržati. Kao što je on znao koliko on mene loži. Nije bio tip koji bi mogao da trpi i dugo ignoriše moje femkanje.

A s druge strane, što sam više razmišljala o tome sve manje mi je bilo jasno zbog čega sam se i dalje tako premišljala. On mi je i dalje bio pomalo čudan, nepredvidljiv, nadrkan i možda opasan, ali sam ipak želela da se tucam sa njim. I nije da sam imala neku ozbiljnu vezu koja bi me sprečavala u tome. Sa Filipom nikad nisam imala ljubav. Bili smo drugovi pre svega. Ako bi razumeo to što bih se tucala sa još nekim, ne znam zašto ne bi razumeo ako bi se tucala sa njegovim komšijom. I što bih ja strepela od toga.

Popodne me je zvala Milica, devojka iz bloka pored njihovog. Imala je neku dramu sa tipom, pa me je zvala da dođem do nje, da se ispričamo. Nakon toga je trebalo da odem do Filipa. Kad smo završile razgovor, otvorila sam ormar. Znala sam da ću obući suknju tog dana.

Sat vremena kasnije, sedela sam u Milicinoj sobi. Želela je da mi ispriča kako je ostavila tipa. Bili su zajedno skoro godinu dana, i poslednjih meseci se ponašao čudno. Onda je saznala da je prevario, i to sa njenom prijateljicom. Milica srećom nije bila zaljubljena. Prijalo joj je da se tuca sa njim pa ga je trpela. Ali poslednjih meseci čak ni toga nije bilo. Nije bila tužna dok mi je to sve prepričavala. Čak se i nasmejala nekoliko puta. Ali je bila pomalo ogorčena.

”Zamisli kako je to jadno”, rekla je, ”Da me prevari sa prijateljicom. Da je tucao bilo koju drugu, potpuno bih ignorisala. Ali ovo...”

Klimala sam glavom. I ponovo osećala grižu savesti što sam uopšte razmišljala o tome da se tucam sa Darkom. Pogledala sam svoju suknju i postidela se. Poželela sam da se vratim kući i presvučem, ali nije bilo vremena za to.

Pozdravila sam se sa Milicom i žurno krenula ka njihovom bloku. Kišica je padala i šljapkala sam po baricama dok sam hodala. Da bih izbegla Darka, bukvalno sam utrčala u zgradu. Lift je već bio u prizemlju, a da nije, već sam planirala da potrčim stepenicama. Ali hodnik je bio prazan. Stigla sam liftom do njihovog sprata i pozvonila na vrata.

Čim je Filip otvorio skočila sam mu oko vrata i poljubila ga. Nisam bila previše napaljena, ali sam želela da mu pokažem da ga želim. Kao da sam se nadala da će to da mi izbriše grižu savesti. Uzvratio mi je poljubac i uveo me unutra. Skinula sam jaknu dok sam hodala iza njega i planirala da se odmah pojebemo. Umesto u njegovu sobu, uveo me je u dnevnu.

Zastala sam na vratima, potpuno iznenađena. Darko je sedeo na trosedu i smeškao mi se. Stajala sam kao zaleđena na vratima, nisam mogla da se pomerim. Filip se okrenuo ka meni.

”Jel se znate vas dvoje?”

Darko je nešto odgovorio i tek tad sam uspela da koraknem napred. Pozdravila sam ga, i trudila se da izgledam smireno. Prešla sam preko sobe i sela na kauč. Filip me je pitao da li hoću sok. Odmah sam mu rekla da neću ništa. Uhvatila me je panika od same pomisli da ostanem sama u Filipovoj sobi ostanem sama sa Darkom.

Ali Darko je naravno bio žedan. Na stolu je bio sok u tetrapaku i prazna flaša Koka Kole. Darko je, naravno, tražio još Koka Kole. Filip se počešao po glavi.

”Nećeš sok? Treba da potražim, ne znam da li imam još”

Gledali smo za njim dok je izlazio iz sobe. Darko se uhvatio za kurac dok me je gledao. Čekao je da mu uzvratim pogled. Kad se to nije desilo, ustao je i seo pored mene. Ćutala sam i gledala ispred sebe. Stavio je ruku preko mog kolena i malo mi zadigao suknju.

”Sviđa mi se tvoja suknja. Lepo si se obukla. Hoćemo se tucati danas?”

”Nećemo”

Morala sam da mu odgovorim, da bi mu bilo jasno. Spustila sam suknju ali je njegova ruka i dalje bila na mom kolenu. Okrenula sam se ka njemu. Smeškao mi se dok je rukom stezao kurac. Nisam razumela odakle mu hrabrosti da me tako spopada u stanu mog momka.

”Filip će se vratiti svake sekunde. Mogao bi da sedneš na svoje mesto”

Kad sam shvatila da nema nameru da prestane, ustala sam i krenula ka kuhinji. Nisam mogla da rizikujem da nas Filip vidi. Čula sam ga iza svojih leđa.

”Čekaću te napolju”

Nisam se ni okrenula.

”Nemoj”

Kad sam ušla u kuhinju, mislila sam da se pravdam i da kažem da mi ipak treba sok, ali sam odustala. Samo sam prišla Filipu iza leđa i poljubila ga. Zagrlila sam ga i uhvatila ga između nogu. Osetila kako mu se kurac diže pod mojim prstima. Okrenuo se ka meni. Ljubili smo se dok sam mu otkopčavala šlic, a onda sam ga brzo izvadila i kleknula. Pušila sam mu na sred kuhinje. Čula sam ga kako šapuće odozgo.

”Nemoj, može da dođe ovde, glupo je”

Probala sam da zamislim šta bi Darko uradio da me vidi kako pušim Filipu. Pomisao na to me je napalila. Zamišljala sam ga kako ulazi u kuhinju i zapanjeno posmatra kako pušim kurac svom momku. Mogla sam da vidim kako vadi kurac i drka dok nas gleda. A onda mi prilazi iza leđa, zadiže mi suknju i nabija me od pozadi. Uzdahnula sam dok sam gutala Filipov kurac. Onda sam ustala, potpuno napaljena.

"Zajebi tu Koka Kolu, oteraj komšiju, želim te sad"

Filip je već našao flašu, ali je vratio nazad.

Kad smo ponovo ušli u sobu, raširio je ruke.

"Nema Koke, šta da radim"

Bila sam sigurna da je Darko odmah video kako smo crveni u lici, i da je mogao da provali da smo oboje napaljeni. Ali je odlučio da se pravi blesav.

"Ma nema veze"

Sipao je sebi sok u čašu i ponovo se naslonio. Seli smo na kauč. Njih dvojica su nešto pričali ali ništa nisam slušala. Razmišljala sam o tome kako im je sigurno obojici dignut kurac i kako su obojica spremni da me odmah pojebu. Pogledala sam ih između nogu i stvarno videla dva dignuta kurca. Još više sam se napalila. Misli su mi ponovo odlutale. Maštala sam o tome kako me obojica jebu u toj sobi, bez ljubomore, kako me je dvojica drugara prskaju i svršavaju zbog mene i na mene. Jedva sam se suzdržavala da ponovo ne izvadim Filipovu motku i počnem da mu pušim. Malo je falilo.

U jednom trenutku, usred tog maštanja, osetila sam kako me obojica gledaju. Pogledala sam Filipa.

"Molim?"

"Darko nas je zvao da izađemo"

Još uvek sam bila zbunjena od onog maštanja, ništa nisam razumela.

"Kako? Gde?"

"Da odemo na piće. Ti i ja, sa Darkom i njegovom devojkom"

"A, to... E pa to, to bi bilo baš super"

Darko ima devojku? Nisam mogla da zamislim kakva je to veza, kad je imao vremena i snage da tako spopada druge devojke u zgradi. Za njega sam bila devojka njegovog komšije, i to ga ipak nije sprečavalo.

Srećom, ostao je kratko. Ipak nije bio loš tip, razumeo je da treba da ide. Filip ga je ispratio do vrata. Ustala sam i sačekala ga u predsoblju, želela sam ga što pre. Zagrlio me je čim je ušao u stan. Zadigla sam suknju i sklonila gaćice u stranu dok je on vadio kurac. Naslonio me je na ulazna vrata i počeo da me jebe. Zagrlila sam ga oko vrata jednom rukom, dok sam drugom trljala klitoris. Čula sam kako vrata iza mene lupaju dok me je nabijao na njih. Osmehnula sam se kad sam pomislila da bi Darko mogao da čuje to treskanje. Onda sam se još više napalila kad sam shvatila da je to stvarno moguće. Ako je ostao u hodniku, sigurno je znao da se jebemo iza vrata.

Ali lupa je postala prejaka, i to je Filipu izgleda smetalo. Verovatno nije hteo da komšije čuju. Video je koliko sam napaljena, i sačekao da svršim tu pored vrata, a onda me je uveo ponovo u sobu u kojoj smo bili. Stavio me je na kauč na kome sam do tad sedela pored napaljenih drugara. Izjebao me je tako, dok sam širom raširenih nogu ležala na kauču i maštala kako me obojica jebu.

Izvadio ga je iz mene kad je počeo da svršava. Uzela sam mu kurac u ruku i izdrkala ga na sebe. Gledala sam ga u oči dok sam drkala taj dugačak kurac. Videla sam kako drhti otvorenih usta dok me je napaljeno posmatrao kroz poluspuštene kapke.

Milovala sam mu kurac i nakon što je svršio. Sagnuo se ka meni i poljubio me. Pogledala sam se. Imala sam raskopčanu košulju. Stomak mi je bio preliven spermom koju sam razmazivala prstima. Preko mojih crnih svetlucavih gaćica ležala je ogromna kap njegove bele tečnosti. Uzela sam malo toga između palca i kažiprsta i prinela ustima. Nasmešio se zadovoljno kad je video to.

Proveli smo veče u dnevnoj sobi. Malo smo pričali i gledali televiziju. U međuvremenu smo se ponovo jebali. Gledali smo neki film, i smorila sam se kad su počele reklame. Samo sam ga pogledala i otkopčala mu šlic. Izvadila sam mu kurac i nagnula se ka njegovom krilu. Pušila sam mu dok je on gledao reklame za deteržente. Kad mu se skroz digao, gurnula sam ga na krevet i opkoračila. Uzela sam kurac u dlan, stavila ga u sebe i počela da ga jašem. Drkala sam dok sam skakutala i ponovo svršila pre njega. Mislim da je on malo gledao u mene a malo u film. Izgledao je kao da nije previše zainteresovan.

Otvorila sam oči nakon što sam svršila. Nisam prekidala da se nabijam na kurac. Jahala sam ga brzo. Otkopčala sam košulju i stavila mu ruke preko sisa. Jedva sam čekala da svrši. Ustala sam, nabila kurac u usta i progutala sve.

Ostala sam još malo kod njega. Gledali smo televiziju a onda sam ga pitala da li bi mogao da me isprati. Mislila sam da će me Darko sigurno čekati u hodniku. Mrzelo ga je, ali je ipak krenuo sa mnom do lifta. Nadala sam se da će to biti dovoljno. Izašli smo u hodnik i pozvali lift. Odmah nakon toga čula sam očekivani zvuk. Darko je otvarao vrata i izlazio na hodnik. Filip ga je pogledao sa olakšanjem.

"E odlično, taman da ispratiš Anu do stanice"

Ma da, baš super, kao da ovčicu daš vuku na čuvanje.

"Nema problema", čula sam Darka, "Baš u tom pravcu idem"

Stajala sam između njih dvojice, baš kao ovčica. Disala sam duboko, pitajući se šta da radim. Ako krenem sa Darkom, nema sumnje da će me odvući na jebanje. Koliko god da mi je to u maštanjima zvučalo uzbudljivo, u realnosti mi nije padalo na pamet. Okrenula sam se ka Filipu i rekla mu da sam nešto zaboravila. Darko se ponudio da me sačeka. Naravno. Okrenula sam se ka njemu.

"Nemoj, hvala, nije nikakav problem"

Okrenuli smo se i ušli u stan dok je Darko ulazio u lift sam. Nije mi padalo na pamet šta bih mogla da slažem da sam zaboravila. Zbog toga sam samo ušla u kupatilo. Znala sam da me neće ništa pitati. Gledala sam se u ogledalu i čekala da prođe vreme. Popravila sam šminku, ispravila košulju i čekala.

Kad sam izašla, ponovo sam pitala Filipa da me isprati, ali je počela neka utakmica pa ga je mrzelo. Nisam htela da navaljujem. Bilo bi sumnjivo. Nikad ranije to nisam tražila, a nije ni bilo razloga da me prati. Poljubila sam ga i izašla sama u hodnik.

Nije bilo nikoga. Sačekala sam lift i ušla u njega. Svo vreme sam očekivala da Darko od nekud iskoči pred mene. Odahnula sam kad su se vrata zatvorila.

Čitavu vožnju sam provela strepeći šta će se desiti kad se vrata ponovo otvore. Šta da radim ako me ponovo odvuče u podrum? Ako me odvede u svoj stan?

Kad je lift stao u prizemlju, oprezno sam provirila napolje ka hodniku. Laknulo mi je kad sam videla da je prazan. Zakopčala sam jaknu i krenula napolje. Kišica je bila prestala. Osvrnula sam se oko sebe ispred zgrade, ali opet nikog nije bilo. ”Odustao je”, pomislila sam. Pravila sam se da sam radosna, ali bila sam pomalo i razočarana. Zbog čega je odjednom odustao od mene?

Napravila sam nekoliko koraka ka ulici, a onda začula kako me neko zove. Okrenula sam se i videla kako mi Darko prilazi. Sa sve smeškom na licu. Ponovo se pravio blesav, trebalo je da glumimo poznanike.

Ni trenutak nisam oklevala. Odmah sam počela da bežim. Bez blama. Ali napravila sam grešku. Umesto da trčim ka ulici, gde je bilo više svetla i više ljudi, potrčala sam suprotno od njega, ka drugim zgradama. Potrčao je za mnom. Trčala sam koliko brzo sam mogla, gazila po baricama bez osvrtanja, ali uskoro me je stigao.

Stajali smo između zgrada. Povukao me je ka sebi. Uhvatio me je za ruku i doveo do zida zgrade. Uvukao me je u deo koji je sa tri strane bio okružen zidovima. Stajali smo i senci, i jedini deo koji je bio otvoren je bio bez svetiljke. Još zadihani od trčanja, ćutke smo se gledali u polumraku. Onda me je poljubio. Njegova ruka me je čvrsto zgrabila između nogu. Osetila sam kako mi se suknja malo zadiže dok me je trljao dlanom. Disala sam glasno otvorenih usta, i nisam znala da li je to od trčanja ili uzbuđenja.

Darko me je pogledao dok je i dalje prelazio dlanom između mojih nogu.

”Hoćemo da se jebemo?”

Čudilo me je što me je to uopšte pitao. Kao odjednom je pažljiv i kulturan, lepo pita. Nije mu bilo jasno što sam obukla suknju, a onda bežala od njega. Odmahnula sam glavom. Ali mi je svejedno odmah zadigao suknju. Razmišljala sam šta da radim dok je otkopčavao šlic. Kad je izvadio kurac, uzela sam ga u ruku. Podigla sam pogled ka njemu. Progovorila sam najhladnijim i najsmirenijim glasom kojim sam mogla.

”Mogu da ti izdrkam”

Nisam ni trepnula kad sam to izgovorila. Pred nekim drugim bi me bio blam. Darko je odmahnuo glavom.

”Hoću da te jebem”

”Ne može”

”Jel si se tucala sa Filipom?”

”Jesam. Dva puta. Bilo je super. On mi je momak. Volim da se jebem sa njim”

Ponavljala sam to dok je on prstima mirno prelazio preko pičke. Kao da sam sebe želela da ubedim da nisam napaljena i da želim samo svog momka.

”Onda ćeš se jebati i sa mnom”

”Neću”

Dobila sam neku navalu samopouzdanja. Gledala sam ga drsko u oči i nastavila.

”Što se ne jebeš sa svojom devojkom? Šta ću ti ja?”

Ćutke me je posmatrao dok sam mu polako prelazila dlanom preko kurca. To je bilo sve što sam mogla da mu dam. Onda mi je odlučno prišao i probao da mi skine gaćice. Raširio mi je noge i uzeo kurac u ruku. Već sam mu osetila glavić između nogu. Trudila sam se da skupim kolena i čvrsto se uhvatila za gaćice.

”Ne može, rekla sam”

Zainatila sam se. Rekla sam da neću, i neću. Može da me siluje, ali mu ne dam. Pa nek radi šta hoće. Njegov kurac se trljao o moje gaćice, osetila sam kako mi glavić miluje pičku kroz tkaninu. Setila sam se kako se Filipova sperma na njima još nije ni osušila, a već je trebalo da primim novi kurac. Bila sam naložena, palila me je i njegova želja, i to što hoće da me jebe odmah posle Filipa. Ali opet, nisam htela da se tucam s njim. Počela sam samoj sebi da ličim na svoje drugarice.

Osetila sam kako me je uhvatio za kosu.

"Onda ćeš da mi popušiš"

"Neću"

Pokušavala sam da mu vidim izraz lica, i mogla sam samo da zamislim koliko je bio besan. Kad me je video u suknji tog dana, verovatno je zamislio kako se već nabija u mene, kako će me tucati i kako je stvar završena. Sigurno nije očekivao da se prepire sa mnom u mraku.

Dok smo dahtali jedno ispred drugog, pomirljivo sam ponovo uzela kurac u ruku. Tek sam bila počela da ga drkam, kad me je ponovo zgrabio za ruku i okrenuo ka zidu. Još više mi je zadigao suknju i brzo mi svukao gaćice. Povukao me je ka sebi a onda mi gurnuo glavu napred. Odmah sam se naguzila. Znala sam šta hoće. Skupio mi je noge kao prethodne noći i gurnuo mi ga između butina. Osetila sam kako mu je kurac vlažan dok se trljao između njih. Spustio je ruke ispod mene i otkopčao mi košulju, a onda je stavio šake preko mojih sisa. Napaljeno me je snažno udarao bedrima o dupe. Slušala sam ga kako uzbuđeno stenje u mraku i znala sam da će uskoro da svrši.

Povukao me je ka sebi i uspravio. Oslonila sam se dlanovima na zid i čekala. Stezao mi je sise kad je počeo da svršava. Njegov kurac je i dalje bio između mojih nogu. Spustila sam pogled i videla mlazove sperme kako izleću između mojih bedara. Prskao je zid ispred nas dok je tiho stenjao iza mojih leđa. Uhvatila sam ga za dupe i pomilovala dok sam osećala kako se trese u orgazmu.

Njegov kurac se sporije pokretao sve dok nije sasvim prestao. Stajali smo nepomično nekoliko trenutaka, a onda sam koraknula napred. Protrljala sam mu glavić još jednom pre nego što se izvadio između butina. Odlučila sam da je najbolje da požurim. Butine su mi bile vlažne i znala sam da je nekoliko kapljica sperme završilo na njima. Ali nisam želela da se zadržavam i brišem ih. Samo sam ponovo navukla gaćice, spustila suknju i odmaknula se od njega, planirajući da odmah odem.

Nisam stigla ni da koraknem. Uhvatio me je čvrsto za članak ruke. Pogledala sam ga upitno. Nisam znala šta još hoće. Svršio je i to mu je obično bilo dovoljno da se smiri. Ali nije me puštao. Jednom rukom je vratio kurac u pantalone, zakopčao ih a onda me povukao za sobom.

"Idemo"

Koračao je žurno, skoro da sam trčala za njim dok me je vukao za ruku.

"Gde idemo?"

Ćutao je. Videla sam da me je vodio prema svojoj zgradi. Košulja mi je još uvek bila raskopčana ispod jakne. Da nas je neko video, sigurno bi mu bilo čudno što raskopčana i samo u brusu trčim za njim. Jednom rukom sam skupila košulju i jaknu i držala je tako, pokušavajući da sakrijem da sam skoro gola. Nadala sam se samo da nećemo naleteti na Filipa. Ne znam kako bih mu objasnila šta radim tako polugola pored njegovog komšije.

Kad smo stigli ispred ulaza, pokušala sam ponovo da se otrgnem. Mislila sam da otrčim do Filipa ako uspem u tome. Ali nije me puštao. Uveo me je u lift i poveo u podrum. Onda sam shvatila da će me silovati. Nisam znala da li da paničim zbog toga, ili da probam da ga razumem. I ja sam htela da se jebem sa njim, a opet, nisam to htela. Shvatila sam da nije hteo da navaljuje dok smo bili na ulici, jer se plašio da ću vikati. Zbog toga me je vodio u podrum, gde me niko neće čuti.

Znala sam da sam u pravu onda kad me je prislonio leđima uza zid. Ćutke mi je zadigao suknju i izvadio kurac. Nije me više ništa pitao. Skoro da sam se pomirila sa tim da ću biti jebana. Raširio mi je noge i sklonio gaćice sa pičke u stranu. Ponovo sam se setila Filipove sperme na njima i da imam, kakvu takvu, vezu sa drugim muškarcem. Osetila sam kako bes raste u meni. Skoro da smo se potukli dok je pokušavao da uđe u mene. Jednom rukom sam ga zgrabila za kurac dok sam ga drugom udarala po grudima. Nije se obazirao na to. Stopalima mi je širio noge i pritiskao bedra ka meni.

U svoj toj borbi, odjednom se smirio. Shvatila sam da mu je svo vreme dok smo se gurali, kurac prolazio kroz moj dlan dok ga je gurao ka mojoj pički. Nije više pokušavao da me jebe. Samo ga je gurao između mojih skupljenih prstiju.

Spustila sam drugu ruku sa njegovih grudi. Otkopčala sam dugme na suknji i pustila je da padne na pod. Nakon toga sam svukla gaćice sa bokova i povukla ih dole. Onda sam mu i drugim dlanom obuhvatila kurac.

Bilo mi je drago što je tako ispalo. Činilo se kao da se i njemu sviđa. Verovatno mu je izgledalo skoro kao da me stvarno jebe. A nije morao da to radi na silu. Čak sam bila raspoložena za to. Njegov široki kurac je mirno prolazio kroz moje dlanove, i glavić mu je na kratko dodirivao usmine.

Tek tad, kad je strah od neželjenog tucanja prošao, postala sam svesna koliko sam se napalila. Svo ono bežanje, guranje sa njim me je zapravo naložilo na tucanje umesto da me ohladi.

Do tad sam stajala na prstima pored njega, pokušavajući da ga sprečim da uđe. Bili smo iste visine, ali sam na štiklama bila viša od njega. Ponovo sam se spustila i malo podigla dlanove, tako da je njegov glavić mogao da mi protrlja klitoris.

Uzdahnula sam glasno kad sam to osetila. Skupila sam dlanove još više i pustila mu kurac još bliže sebi. Kad bi ga gurnuo ka meni, vrh glavića bi mi na kratko razmaknuo usmine, očešao se o klitoris i malo, sasvim malo ušao u mene.

I njemu se izgleda dopalo što me mogao da mi oseti pičku. Gledao me je u oči i dahtao zadovoljno. Ruke su mu bile na mojim golim sisama. Još uvek sam bila u jakni. Ali ona je bila raširena, a košulja otkopčana. Imala sam brus koji se zakopčavao napred. Nisam znala da li ga je u onom našem guranju on otkopčao ili pocepao. Ali u tom trenutku mi je bilo svejedno. Uživala sam u njegovim rukama na svojim golim sisama, i kurcu koji je skoro ulazio u mene. I meni je izgledalo kao da me tuca, a opet sam znala da ću sutra moći da slobodno pogledam Filipa u oči.

Osetila sam kako je ubrzao pokrete, kurac se sve brže probijao kroz moje vlažne dlanove.

"Hoću da je isprskam"

Znala sam koga hoće da isprska. "Naravno", pomislila sam.

Sklonio mi je ruke sa kurca kad je počeo da svršava i uzeo ga u svoj dlan. Drkao ga je brzo ispred moje pičke. Drugom rukom me je uhvatio za kosu. Gledali smo se dok je svršavao. Malo sam se trgnula kad mi je glavićem dodirnuo pičku. Probio se malo između usmina, i osetila sam kako se one pomeraju levo-desno dok ga je drkao između njih. Zatvorio je oči i glasno zastenjao. Osetila sam njegovo vrelo seme kako se izliva između mojih usmina i prska po pički. Držala sam ruke na njegovom struku i gledala ga dok se praznio na mene.

Čim je malo odmaknuo kurac, prinela sam dlanove pički. Njegovo toplo seme je potpuno pokrilo. Trljala sam klitoris i razmazivala spermu po sebi dok sam to radila. Moja tečnost se mešala sa njegovom dok sam drkala. Uživala sam u tome, u osećaju naših lepljivih sokova koje sam prstima razmazivala po pički. Oslonila sam glavu na zid i posmatrala ga dok je mirno stajao ispred mene.

Uhvatila sam ga za kurac i privukla sebi. Ponovo sam stavila glavić između usmina i i počela njime da se trljam. Čula sam sebe kako glasno stenjem u podrumu, činilo mi se da je sve odzvanjalo. Udarala sam glavićem brzo po klitorisu i ni sama ne znam kako sam izdržala da ga ne nabijem u sebe. Samo sam jecala i brzo tresla rukom dok sam pomerala bedra napred nazad po njemu.

Nije mi dugo trebalo. Svršila sam dok sam ga čvrsto držala za vrat i gledala u oči dok mu je glavić brzo klizio preko pičke. Približila sam mu se i poljubila ga kad je orgazam prestao. Osetila sam zahvalnost. Zato što me nije jebao na silu iako je mogao, i zato što sam tako dobro svršila, kao da me je dobro izjebao.

Prsti jednog dlana su mi bili potpuno ulepljeni, i nisam znala čije tečnosti je bilo više. Podigla sam ruku do usana i polizala ih polako, jedan po jedan. Posmatrao me je dok sam uzimala prste u usta. Znala sam o čemu razmišlja i namerno sam ga ložila. Lizala sam ih polako, i pustila da se naše tečnosti razmazuju po mojim usnama.

Nisam više želela da žurim, znala sam da više nije bilo razloga za to. Videla sam da je on ipak otkopčao brushalter, nije ga pokidao. Dok sam zakopčavala košulju, pozivao je taksi za mene. Kleknula sam, uzela suknju i povukla gaćice do kolena. Pre nego što sam ih navukla, izvadila sam maramice iz jakne da se obrišem. On je još uvek pričao telefonom kad je to video. Počeo je da odmahuje glavom.

”Ne može”, rekao je.

Zastala sam i pogledala ga začuđeno. Nisam znala šta je hteo pa je nastavio.

”Hoću da imaš uspomenu od mene”

I dalje sam ga gledala par trenutaka, ali sam ipak poslušala. Pička mi je još uvek bila skroz mokra dok sam preko nje navlačila gaćice. Znao je da ću sve dok ne dođem kući osećati njegovu spermu na koži, i to ga je izgleda ložilo.

Izašli smo zajedno iz zgrade, ispratio me je do ulice i sačekao taksi sa mnom. Platio je vozaču i poljubio me pre nego što sam ušla u kola. Kao da sam bila njegova devojka. Tako sam se u tom trenutku i osećala. Nijedno od nas dvoje nije ni pomislio na Filipa, čiji je prozor gledao na ulicu na kojoj smo bili.

Dok sam sedela na zadnjem sedištu, zamišljeno sam posmatrala svetla grada pokraj kojih smo prolazili. Bila sam sigurna da ću od tog dana svaki put kad dođem kod Filipa, morati da ovako ili onako spuštam dva kurca, jer će me dva dignuta kurca čekati. Znala sam da više nije bilo šanse da izbegnem Darka. A to više nisam ni želela. Dok sam sedela u taksiju, osećala sam kako mi se gaćice natapaju Darkovom spermom. Te večeri su dvojica muškaraca ostavili svoje seme na njima.

Ali uživala sam. Obojica su mi prijali na svoj način, i nisam osećala kajanje zbog toga.

Sutradan sam čitavo poslepodne provela na fakultetu. Predveče mi je stigla poruka od Filipa. Pisao je da nas je Darko zvao da se nađemo u nekom kafiću. Zbunjeno sam posmatrala slova. Mislila sam da je onaj poziv od juče bio zezanje, a sad je odjednom trebalo da se vidimo. Da sedim pored svoja dva mladića, i još sa devojkom jednog od njih? Nisam znala šta da napišem. Samo sam tupo posmatrala slova na ekranu. "OK", odgovorila sam kratko.

Došao je po mene u zakazano vreme. Kafić je bio veliki, ali bio je ponedeljak, rano veče, i skoro da nije bilo ljudi. Dok smo ulazili gledali smo okolo, tražeći Darka pogledom. Ugledala sam ga u separeu sa devojkom. Posmatrala sam je s leđa dok sam prilazila, i začudila se što sam videla da je plavuša. Valjda sam očekivala neku sličnu sebi.

Ali pravo iznenađenje me je tek čekalo. Plavuša je ustala da se upozna sa nama i na trenutak sam zastala, potpuno zapanjena. Očekivala sam neku ružnu, neuglednu i glupu. Neku od koje je Darko bežao, neku zbog koje je tražio druge devojke, zbog koje je jurio mene. Ali njegova devojka je bila prelepa, i prosto savršena. Njena duga ravna i plava kosa padala joj je niz leđa. Pravilno lice joj je bilo jedva našminkano. Nije imala potrebe za tim. I imala je savršeno telo. Duge noge, idealan oblik peščanika, lepa bedra i pravilne sise koje su bile ni prevelike ni premale. Zapanjeno sam zurila u nju dok mi je pružala ruku.

I kad sam sela trebalo mi je neko vreme da dođem sebi. Nisam mogla da verujem da se takva devojka zabavlja sa Darkom. Izgledala je kao da je sad došla sa snimanja za naslovnu stranu neke modne revije. Darko je bio mačo, ali ne baš lep, i nikako ne neko za koga sam verovala da bi mogao da smuva takvu ribu. Odjednom sam ga posmatrala drugačije. Samo mi nije bilo jasno šta je hteo od mene ako može da smuva takve devojke.

Kad je konobar stigao, naručila sam neki sok, ali Darko nas je ubedio da je glupo da sedimo zajedno u kafiću i pijemo sokiće. Filip je naručio tekilu a ja vodku đus. Sedela sam pored Filipa, sa moje druge strane sedeo je Darko, a pored njega njegova devojka. Ubrzo smo se opustili. Moji momci su se dobro poznavali i lepo smo se provodile sa njima.

Nekih sat vremena kasnije, kad smo svi već bili pomalo pripiti, Darko je zagrlio svoju devojku. Pogledao je Filipa.

”Jel ti se sviđa moja devojka?”

”Lepa je, svaka čast”

”Ne mislim to. Mislim, jel ti se stvarno sviđa?”

Filip je pogledao na trenutak, pomalo zbunjen.

”Pa stvarno... sviđa mi se, lepa je”

Darko i devojka su ga netremice posmatrali u oči dok joj je Darko polako prelazio prstima kroz kosu.

”A jel bi je tucao?”

Skoro da sam se trgnula od toga. Odjednom sam shvatila zbog čega je želeo da se svi zajedno vidimo. Filip se osmehnuo, ali nije pokazivao da je iznenađen. Pretpostavila sam da ga je tekila dobro udarila. Očekivala sam da me barem pogleda. Da pokaže da je svestan da sam tu, da barem odglumi da treba da traži dozvolu da bi uopšte nastavio taj razgovor. Ali izgledao je kao da je potpuno zaboravio na mene. I dalje je nekoliko trenutaka zurio u lepoticu. Onda se okrenuo ka Darku.

”Pa brate, što da se lažemo, bi”

Darko je klimnuo glavom, a onda se pogledao sa devojkom. Samo mu se smeškala dok ga je gledala, a onda je klimnula glavom. Darko je sklonio ruke sa devojke i ponovo pogledao Filipa.

”Super, onda smo se dogovorili”, zagrlio je mene drugom rukom, ”Možeš da je tucaš večeras, ako hoćeš da se menjamo”

Mislim da sam iste sekunde pocrvenela. Spustila sam glavu, a onda je odmah podigla i pogledala Filipa. Želela sam da vidim kako će da reaguje, i nadala se da će pristati. Začuđeno je zurio u Darka. Kao da nije mogao da veruje šta mu je ponudio, i šta zauzvrat tražio. Onda me je konačno pogledao i nasmejao se. Zagrlio me je i privukao sebi. Odmahivao je glavom ka Darku.

”Ne, ne. Ana je moja”

”Jel si siguran?”, Darko je zagrlio svoju devojku, ”Mislim, pogledaj Mariju još jednom”

Filip je pogledao plavušu. Videla sam da bi iste sekunde mogao da skoči na nju, skoro da je balavio dok je odmeravao pogledom. Ali i dalje je odmahivao glavom. Želela sam da propadnem u zemlju. Ne od blama. Nisam ništa loše uradila. Nego je situacija bila tako glupava. Skroz nepristojna ponuda, kao na pijaci. Ali opet... privlačna za sve. I Filip je ipak odbio. Slušala sam ga kako priča dok je pomalo zaplitao jezikom.

”Lepa je devojka kažem ti, ali bilo bi mi glupo da ti budeš sa Anom. Ne znam zašto, prosto, bezveze je”

”Ok, poštujem”

Darko više nije insistirao. Ubrzo smo prešli na druge teme. Izgledalo je kao da smo svi zaboravili na predlog, ali sam sigurna da smo svi i dalje razmišljali o tome. Ja svakako jesam. Nikako nisam mogla da shvatim da je odbio takvu ribetinu, samo zbog toga što nije hteo mene da deli. U nekoj drugoj situaciji to bi mi laskalo, ali tad mi je to smetalo. Ja nisam bila njegova prava devojka da bi me branio, a odjednom je izgledalo kao da jesam. I to mi se uopšte nije svidelo.

Ali dopalo mi se što je Darko to tako opušteno prihvatio. Nije izgledao kao da je razočaran i da mu je žao. Mogla sam to da razumem. Videla sam lepo koga će te večeri tucati, i znala sam da on nema razloga za veliku tugu što ta devojka neću biti ja. I dalje mi je bilo čudno to što me je uopšte želeo pored takve lepotice.

Filip je ispio tekilu, ustao i otišao u wc. Gledali smo za njim a onda se Darko okrenuo ka meni. Stavio mi je dlan preko kolena. Nisam se bunila, osećala sam da mu je tamo i bilo mesto.

”Jel si ti sigurna da ovaj nije zaljubljen?”

”Više nisam. Nadam se da nije. Izgleda da ću morati da razgovaram sa njim”

Filip mi je uzeo ruku i stavio je između svojih nogu. Zadrhtala sam kad sam osetila dignut kurac pod prstima. Pogled mi je skrenuo ka njegovoj devojci. Nasmešila mi se, nije izgledalo kao da joj to smeta. Filip me je gledao u oči dok sam mu prstima milovala kurac. Prislonio je glavu uz moju i šapnuo mi na uvo.

”Samo da znaš... Večeras ćeš mi popušiti”

Odmaknuo se ponovo i pogledao me. Nasmešila sam se sumnjičavo njegovom samopouzdanju.

”Hoću?”

”Hoćeš”

Nisam odgovorila. Samo sam se smeškala dok sam gledala ispred sebe. Znala sam da nema šanse za to. Sedećemo u kafiću još neko vreme, a onda će me Filip ispratiti. Neće biti prilike da me Darko ponovo zaskoči u hodniku svoje zgrade. Prsti su mi još uvek prelazili preko njegovog kurca, kad sam videla da se Filip vraća. Brzo sam povukla ruku u svoje krilo. Darko se ponovo nagnuo ka meni.

”Za pet minuta reci da hoćeš da ideš u wc”

I da sam znala šta da mu odgovorim, ne bih stigla. Filip je već ponovo sedao pored mene. Znala sam da će Darko doći za mnom ako odem. Ali koliko god da sam bila pripita, nisam želela da to Filip primeti. Očigledno je imao neki problem da Darko bude sa mnom. I bilo mi je bezveze da ga tako očigledno prevarim. Nervozno sam grickala usnu, potpuno ubeđena da neću pristati.

Deset minuta kasnije, ustala sam i krenula ka wc-u.

Bila sam uzbuđena i pre nego što sam ušla unutra. Prostorija je bila velika, osvetljena i prazna. Prišla sam ogledalu i pogledala se. Bila sam zadovoljna kako izgledam. Osim što je bilo vidljivo da sam napaljena. Naslonila sam se na umivaonik i postavila pičku na ivicu. Trljala sam se tako zatvorenih očiju. Skoro da sam zaboravila gde sam kad sam odjednom osetila ruku na sebi. Darko me je zgrabio za članak ruke i povukao.

”Ajde, nemamo puno vremena”

Uveo me je jednu od kabina. Uhvatio me je između nogu dok smo se ljubili. Prelazio je dlanom preko mojih gaćica dok su nam se jezici preplitali. Glasno sam stenjala između poljubaca. Bio je u pravu. Htela sam da mu popušim. Otkopčala sam mu šlic dok smo dahtali jedno pored drugog. Uzela sam kurac u ruku, spustila poklopac i sela na šolju.

Kad sam ga pogledala, shvatila sam koji je zadatak preda mnom. Uzdahnula sam. To je bio prvi put da ga vidim na svetlu. I izgledao mi je još deblji nego što sam ga zamišljala. Čvrsta batina mi se njihala pred licem. Bio je prošaran sitnim venicama koje su mi pulsirale u dlanu. Tvrdi glavić mu je bio još širi od tela. Imala sam široke usne i velika usta, ali nisam znala kako je on mislio da to izvedem. Setila sam se njegove devojke i pokušala da zamislim kako mu ona puši.

Sagnula sam se napred i približila mu se. Dodirnula sam usnama glavić i poljubila ga. Prešla sam usnama nekoliko puta preko njega, a onda ih oprezno raširila. Gurnula sam glavu napred i počela da ga primam u sebe. Uzela sam pola glavića i coktala usnama oko njega, kao da sam se zagrevala. Onda sam raširila usta najviše što sam mogla, uzdahnula i hrabro gurnula glavu napred. Osetila sam kako mi glavić ulazi, milimetar po milimetar. Raširila sam usne još malo, a onda ga potpuno progutala.

Gurala sam glavu još napred. Preko usana i niz bradu mi se već slivala pljuvačka. Osetila sam Darkov dlan na glavi, nežno mi je prelazio prstima kroz kosu. Kao da je znao kroz koje zadovoljne muke prolazim. Zatvorila sam oči i nabila ga sve dok ga nisam osetila na početku grla. Onda sam zastala i otvorila oči. Stigla sam jedva do polovine, i nisam mogla više. Niz obraze su mi se slivale suze. Polako sam ga izvadila napolje, pa opet gurnula unutra. Konačno sam počela da pušim taj veliki debeli kurac.

Ubrzo sam uspela da se naviknem na njegovu širinu. Uhvatio me je obema rukama za glavu dok sam mu pušila. Više me nije milovao. Držao me je čvrsto dok sam se nabijala na njega. Po tome sam mogla da osetim koliko je napaljen. Nije prošlo dugo kad sam osetila mlaz sperme u ustima. Zastala sam i malo ga izvadila iz sebe. Obuhvatila sam mu glavić usnama. Drkala sam mu dlanom brzo dok sam jezikom kružila oko njegovog vrha. Sperma mi je punila usta i odmah sam je gutala. Nisam želela da ispustim ni kap, da Filip ne bi kasnije primetilo.

Izvadio ga je napolje kad je završio. Polizala sam mu glavić još jednom, a onda sam ustala. Pogledala sam njegovo zadovoljno lice.

”Šta si im rekao, gde ideš?”

”Mariji su trebale cigarete, pa sam izašao da ih kupim”

Zadovoljno sam klimnula glavom. Pre nego što sam izašla, gurnuo mi je u ruku papirić sa svojim brojem telefona.

Vratila sam se sama do separea. Dok sam izlazila iz toaleta, nadala sam se da ću ih zateći u nekoj nedostojnoj pozi. Nadala sam da ću ih videti kako se vataju, da ću zateći Filipa sa rukom na Marijinoj sisi dok se ljube, ili da će mu barem dlan biti preko njenog kolena. Da će njena ruka biti negde na njemu. Bilo šta, samo da bih imala opravdanje pred njim da mogu da se tucam sa Darkom. Ali ništa. Sedeli su na istim mestima gde sam ih ostavila i ćutali.

Marija me je posmatrala dok sam sedala. Videlo se da je sve znala, samo se smeškala. Primetila je koliko sam napaljena, i znala je sigurno da sam upravo popušila njenom dečku. Darko je stigao pet minuta kasnije. Pružio je paklicu cigareta Mariji i seo. Nije ga mrzelo da ode po cigarete, samo da bi izgledalo verodostojno.

Nastavili smo da pričamo kao i ranije, ali ja sam se sve više vrtela na sedištu. Bila sam napaljena, i jedva sam čekala da ostanem nasamo sa Filipom. Primetila sam da me je Marija i dalje povremeno posmatrala. Taman kad sam se nagnula ka Filipu da mu kažem da je vreme da krenemo, ona je ustala i pogledala me.

”Ana hoćeš sa mnom do toaleta?”

Bila sam radoznala. Dok sam hodala za njom, ponovo sam shvatila da je izgledala savršeno. Imala je obične uske farmerke, i u čizmicama je hodala ispred mene. Ali njeno dupe je bilo idealno. Divila sam mu se dok se njihalo ispred mene. Da sam muškarac, verovatno bih već bila potpuno zaljubljena.

Očekivala sam da mi nešto kaže. Da mi otkrije nešto što je Filip rekao ili uradio dok su bili sami. Ili da mi kaže nešto za Darka, možda da me prekori ili upozori da mu se ne približim previše. Ali nije bilo ništa od toga. Nije ništa rekla. Stala je pored ogledala i sačekala da joj se približim. Onda mi se nasmešila, i kao da je to najnormalnija stvar na svetu, počela da mi otkopčava šlic farmerki.

Bila sam iznenađena, ali nisam se bunila. Bila sam previše napaljena za to. Posmatrale smo se dok je to radila. Tek na svetlu sam videla da na sebi nema ni trunku šminke. Izgledala je mlađe od nas. Ali po njenom ponašanju, nije bila ništa manje iskusna.

Svukla mi je farmerke i pustila ih da skliznu niz noge, a onda je stavila dlan preko mojih gaćica. Pogledala me dok je prstima milovala tople usmine. Polako mi se približila i poljubila me. Nikad ranije nisam bila sa devojkom, ni na koji način. Nikad nisam želela, niti mi je to ikad padalo na pamet. Ali tog dana sa Marijom, sve mi je bilo najnormalnije. Nije mi bilo ništa čudno dok sam držala dlanove na njenim kukovima i ljubila je. Njene tople usne su prelazile preko mojih dok smo se borile jezicima. Disala sam duboko i osećala kako se njeni prsti zavlače pod moje vlažne gaćice.

Onda se odmaknula. Uhvatila je gaćice obema rukama. Svlačila ih je dole dok se i sama sa njima spuštala ispred mene. Kleknula je i stavila dlanove na moje butine. Poljubila mi je pičku. Jednim dugim, vrelim, poljupcem svojih sočnih usana. Spustila se još niže i polizala je polako čitavom dužinom. Podigla je pogled ka meni. Ponovo je prislonila svoje usne preko mojih vlažnih usana i jezikom počela da palaca u meni. Vrtela je glavom, trljala usnama o usmine dok joj je jezik brzo prelazio preko mog klitorisa, i povremeno ulazio duboko u mene. Držala sam je čvrsto za glavu i glasno stenjala. Nisam brinula da li će me Filip čuti, bilo mi je potpuno nevažno. Ako on nije hteo da bude sa njom, ja jesam.

Gledala sam njeno prelepo lice na svojoj pički. Posmatrala me je dok je lizala. Moji sokovi su se razmazivali po njenim usnama i obrazima. Svršila sam ubrzo. Uhvatila sam je obema rukama za glavu i pritisla kolena uz nju. Zatvorila sam oči i zabacila glavu unazad. Kriknula sam par puta dok mi je orgazam prolazio telom. Nije me bilo briga, stvarno sam uživala.

Ustala je nakon što sam svršila. Pogledala me, kao da je ispitivala koliko sam uživala. Uzvratila sam joj širokim osmehom.

”Uhhhhh... Hvala ti. Ovo mi je baš trebalo”

Njena brada se svetlucala od moje tečnosti. Uhvatila sam je oko struka i privukla sebi. Ponovo sam je poljubila. Spustila sam ruku iza njenih leđa i pomilovala joj dupe dok sam osećala svoju tečnost na njenim usnama. Pustila je da joj otkopčam šlic dok smo se ljubile. Nisam bila sigurna da ću umeti da joj uzvratim uslugu, ali sam želela da joj vidim pičku.

Povukla sam farmerke dole i kleknula. Imala je crvene gaćice, sa malom tamnom flekom napred. Pažljivo sam ih svukla do kolena. Njena lepa pička se pojavila ispred mojih očiju. Stavila sam dlanove preko njenih butina. Imala je depilirane noge i sveže obrijanu ribicu. Izgledala je kao da se bila unapred spremila za planirano jebanje sa mojim momkom. Ili je uvek bila tako spremna. Njene široke usmine su se presijavale preda mnom. Prosto su me pozivale da ih poližem. Nikad ranije to nisam radila. Približila sam se i jezikom je pažljivo prešla preko njih čitavom dužinom.

Prstima sam joj dodirnula usmine, prešla nekoliko puta preko njih a onda ih razdvojila. Spremala sam se da joj poližem i uzvratim uslugu. Ali osetila sam njen dlan na laktu i čula je iznad sebe.

”Neki drugi put ćemo to, nemamo vremena sad”

Verovatno je provalila da nemam pojma. Brzo smo se sredile i ponovo izašle napolje. Osećala sam se dobro i baš opušteno. Sele smo, a onda su momci ubrzo rekli da treba da idemo. Pozdravili smo se sa Darkom i Marijom, pa sam sela u Filipova kola. Malo sam se oneraspoložila kad je predložio da odemo do njega. Tek tad sam postala svesna da je i on naložen i da, za razliku od mene, nije ništa radio čitavo veče. Rekla sam mu da sam umorna, i tražila da me odveze kući. Nije izgledao kao da mu se to svidelo, ali me je poslušao.

Čim je zaustavio auto ispred moje zgrade okrenula sam se ka njemu. Ispružila sam ruku i stavila je između njegovih nogu. Kurac mu je bio dignut. Otkopčala sam mu šlic i uzela ga u ruku. Drkala sam mu neko vreme i sačekala da se opusti.

”Što nisi hteo da tucaš Mariju?”

”Hteo sam, što nisam... Vidiš kako je dobra riba. Nego nisam hteo tebe da delim”

Zagrlio me je. Gledala sam ga u oči dok sam mu drkala. Sačekala sam par trenutaka.

”Što?”

”Nemam pojma. Glupo je, on mi je komšija. A što pitaš, jel bi se ti tucala s njim?”

”Nisam razmišljala o tome”

Nagnula sam se ka njemu i spustila glavu između njegovih nogu. Gledala sam njegov dugi kurac i polizala ga.

”Samo mi je bilo čudno što je nisi hteo”

Obuhvatila sam glavić usnama i počela da ga gutam. Bio je stvarno puno duži od Darkovog, i dosta uži. Gutala sam ga brzo, osećala sam kako je lagano ulazio u mene. Nakon onog debelog kurca, bilo je skroz opušteno primati Filipov kurac. Nisam prestajala sve dok usnama nisam osetila njegov koren. Bila sam zadovoljna kad sam ga progutala celog. Nakon Darkovog, skoro da sam umislila da sam zaboravila kako se to radi.

Stenjao je dok sam mu pušila. Znala sam da zamišlja Mariju dok mu je kurac bio u mojim ustima, ali nije mi to smetalo. Nisam bila raspoložena za dugo pušenje, želela sam da završi što pre. Nije dugo trajalo. Očigledno ga je dobro naložila. Verovatno je očekivao da mi svrši u usta, ali bilo mi je dovoljno gutanja sperme za jedno veče. Izvukla sam spremljenu maramicu i izdrkala mu u nju.

Ponovo sam se uspravila u sedištu. Sačekala sam da ga vrati u pantalone pa sam progovorila.

”Ti i ja nismo momak i devojka?”

”Nismo. Što pitaš?”

”Samo proveravam. Ako ti Darko bude ponudio Mariju ponovo, slobodno je tucaj. Ja nemam ništa protiv”

Gledao me je ćutke u oči nekoliko trenutaka, a onda je klimnuo glavom.

”Ok”

Izašla sam napolje, bacila zgužvanu maramicu i okrenula se. Nagnuo se ka meni i poljubili smo se.

”Vidimo se sutra”

Čim sam se probudila, poslala sam Darku poruku, i napisala da je to moj broj telefona. Nije mi odgovorio ništa. Provela sam dan razmišljajući o njima dvojici, i o Marijinoj slatkoj pički. Zamišljala sam kako bi to izgledalo kad bi se svo četvoro tucali. Popodne sam opet bila na fakultetu. Očekivala sam da me Filip pozove da se dogovorimo za uveče. Već sam počela da mislim da su napravili neku šemu bez mene, i da sad obojica tucaju Mariju. Poziv i dalje nije stizao. A onda je Darko poslao poruku. Pitao je da li hoću da idem na kafu sa njim i Marijom.

Razmislila sam o tome. Taj poziv me je iznenadio. Delovao je primamljivo. Pretpostavljala sam da me nije zvao samo na kafu. Koliko god da je to moglo da bude zanimljivo, i koliko god da sam želela da ponovo vidim Mariju, nisam odgovorila na poruku. Setila sam se kako je izgledala i nisam se usuđivala da stanem pored nje pred njim. Plašila sam se da ne počne da nas poredi, a tu ne bih imala nikakve šanse. Nisam mislila ništa loše o sebi, znam da sam zgodna i da lepo izgledam, ali za razliku od nje, imam i svoje mane.

Pozvala sam Milicu i najavila sam joj se. Mislila sam da se ispričam sa njom i računala da ću im tako biti u komšiluku, i u blizini, kad me Filip bude pozvao. Kad mi je otvorila vrata, istog trenutka kad sam je videla dobila sam ideju.

Milica je izgledala kao malo manje savršena Marija. Nije baš jako ličila na nju, ali je bila isti tip devojke. Iste visine, slične građe, iste boje i dužine kose... Čak mi je i oblačenje nekako bilo slično. Nosila je iscepane uske farmerke i belu široku košulju.

Uvela me je u sobu, sela sam i sačekala da završi neku svoju priču koju nisam ni slušala. U glavi sam već razrađivala detalje plana. Kad je završila, pogledala sam je u oči.

"Hoćeš da se tucaš danas?"

Gledala me je zapanjeno, nasmejanog i iznenađenog lica. O čemu god da je pričala, znam da sam skroz skrenula sa teme. Ali posmatrala sam je bez emocija, tek da zna da sam ozbiljna.

"Sa kim?", pitala je.

”Filipov komšija. Super je tip”

”Kako izgleda?”

”Onako, naše godište, crnokos, moje visine. Deluje malo nadrkano, ali je dobar lik. I ima bicepse kao tvoja butina”

Milica se nasmejala.

”E, ajd sad...”

Znala sam da se loži na nabildovane tipove.

”Kad ti kažem...”

Nervozno je zapalila cigaretu. Videla sam da je zainteresovana.

”A koji je njegov problem? Šta, ne može da nađe devojku? I što ga ti ne tucaš?”

”Može da nađe devojku, nego hoće da se tuca sa mnom. A ja sam sa Filipom, pa ne bih”

”Pa ga daješ meni da ga ja ohladim”

”Ništa ti neće faliti. Da ga zovem?”

Već je bila gotova.

”Pa ono... Ae, što da ne?”, nasmejala se.

Već sam mu kuckala poruku, a onda sam je pogledala.

”Jel si spremna?”

”Jesam. Istuširala sam se, i išla bih ovako. Mislim, ne treba mi valjda balska haljina za to”

Nastavila sam da kuckam poruku.

”Raspoložen za akciju?”

Odgovor je odmah stigao.

”Uvek”

”Tu sam za petnaest minuta, čekaj me kod lifta”

Kad smo izašli iz zgrade, objasnila sam joj gde živi. Zamislila se i zaćutala dok smo hodale. Dok smo prelazile ulicu na semaforu, okrenula se ka meni.

”Jebote, a šta ako znam tipa?”

Ćutala sam. Mrzelo me je da učestvujem u njenoj nervozi. Ona je nastavila.

”Mislim, realno ako je živeo ovde dugo možda smo išli u istu školu. Možda i u isti razred. Užas”

”Ma šta ima veze, ako ga znaš, tucaćeš se sa drugom”

Kikotala sam se dok sam je gledala onako zbunjenu i uplašenu.

”A kako si ono rekla da se zove? Možda ga stvarno znam”

”Pa šta te briga, evo i ja se tucam sa drugom, pa šta mi fali”

Zaćutala je kad smo se približili zgradi. Pogledale smo se još jednom pred vratima, a onda ušle unutra.

Darko je stajao pored lifta. Delovao je malo razočarano kad je video Milicu, ali se trudio da to ne pokaže. Mislio je da ga ili zezam, ili da sam odustala. Pozdravio se sa nama i već hteo da izađe iz zgrade. Mahnuo mi je i krenuo napolje.

”Pozdravite Filipa”

Bila sam zbunjena.

”Pa ne idemo kod Filipa. Idemo kod tebe”

”Kod mene?”

”Lepo sam ti se najavila”

Sad je on izgledao potpuno pogubljen. Gledao je malo mene, malo Milicu, a onda konačno progovorio.

”Pa dobro, super, ajmo onda”

Upoznala sam ih u liftu. Dok su se rukovali, prstom sam pokazala na Milicu iza njenih leđa. Mislim da je tek tad shvatio. Videla sam da se opustio po prvi put od kako smo se videli.

Bila sam uzbuđena kad smo stigli na njihov sprat. To je bio prvi put da dolazim tu, a da ne idem kod Filipa. Srce mi je brzo lupalo, strepela sam da on slučajno ne izađe u hodnik i ne vidi me tako. Bila sam još više uzbuđena dok nas je uvodio u stan. Pogledala sam Milicu i uhvatila je za ruku. Osetila sam kako drhti.

Darko nas je uveo u svoju sobu. Imao je veliki krevet na koji smo obe sele. Pitao je šta hoćemo da popijemo i otišao da nam donese vodku đus. Pogledala sam je.

”Jel ti se sviđa tip?”

Klimnula je glavom zadovoljno.

”Bila si u pravu, super izgleda”

Pomilovala sam joj kosu dok smo se gledale. Kao da sam želela da je namestim da što bolje izgleda. Onda sam se osvrnula po sobi. Nije bilo ničeg posebnog da se vidi. Veliki tvrdi krevet, sto sa kompjuterom, zvučnici i nekoliko slika na zidu. Kako god da je izgledala, znala sam da je to pravi jebarnik. Pokušala sam da zamislim kako je tucao brojne devojke na krevetu na kome smo sedele. Koliko li ih je bilo na tom krevetu pre nas? Milica je isto gledala oko sebe, a onda se okrenula ka meni.

”E, nego nismo se dogovorile. Kako si mislila ovo? Jel on zna zašto sam došla?”

”Zna, ne brini. I sviđaš mu se”

Znala sam da je nervozna, ponovo sam je milovala po kosi. Nastavila je.

”A kako ćemo ovo, šta da radim? I gde ćeš ti da budeš? Mislim, ne mogu pred tobom valjda, bilo bi glupo”

Tad sam shvatila. Deo njene nervoze bila sam ja. Milica nije bila neiskusna, ali je očigledno volela privatnost.

”Ne brini, ja ću otići do Filipa. Evo, preko puta je. Samo da popijem piće i ostavljam vas. Smisliću neki izgovor”

Videla sam da joj je odmah laknulo. Naravno da sam je slagala. Nije mi padalo na pamet da propustim da ih gledam. Želela sam da vidim i Darka i nju, i bilo mi je drago što ću moći da ih vidim zajedno.

Doneo nam je pića i dovukao stolicu od stola ka nama. Seo je naspram nas. Primetila sam da je, kao i ja, Milica osmotrila deo između njegovih nogu. Pocrvenela je kad je videla veliku izbočinu koja je čekala da je izjebe. Uživala sam u njenoj zbunjenosti, i uživala da ih posmatram kako krišom pažljivo odmeravaju jedno drugog.

Nismo imali nikakvih zajedničkih tema, nismo došli ni blizu toga da saznamo koje bi to teme bile. Pričali smo o faksu, izlascima, muzici, tek da bismo nešto pričali. A zapravo sam samo čekala da vidim kako će da počne. Bilo mi je čudno što je uopšte tako dugo čekao.

Pile smo već drugu čašu kad je on raširio noge ispred Milice. Uhvatio se za kurac i pogledao je u oči. Gledala je između njegovih nogu, više to nije ni pokušavala da krije. Znala sam da i ona jedva čeka da počnu nekako. Ustao je, ostavio čašu na sto iza sebe i otkopčao šlic. Kad ga je izvadio i uzeo u ruku, Milica je širom otvorila usta od iznenađenja. Očekivala je neku priču, neki uvod u radnju. Sigurno nije očekivala da se veliki debeli kurac odjednom pojavi pred njenim licem.

Gledala ga je nekoliko trenutaka iznenađeno, a onda se okrenula ka meni. Izgledala je kao da misli da je zezam, ili da je u nekoj skrivenoj kameri.

Darko joj je prišao i približio kurac bliže njenom licu. Ona se i dalje smejala kad je uhvatio za glavu. Njegov debeli kurac je stajao ispred njenih usana. Ponovo se okrenula ka meni sa iznenađenim osmehom.

”Kako jebote?”

Odlučila sam da prekinem njen smeh i da je ohrabrim. A možda sam i želela da se pravim važna. Ustala sam i kleknula ispred Darka. Uzela sam mu kurac, stavila ga u usta i odmah počela da ga pušim. Bila sam zadovoljna što sam se već navikla na njega. Raširila sam usne i nabila ga što dublje sam mogla. Pušila sam mu kao da ga oduvek pušim. Mogla sam da osetim Milicine poglede na sebi. Izvukla sam kurac iz usta. Osetila suze u očima. Progutala sam pljuvačku i pogledala Milicu. Nije se više smejala. Stavila sam joj dlan na potiljak i blago je gurnula napred ka Darku.

Mislim da je istog trenutka kad je videla njegov kurac zaboravila na svoj stid od mene. Nije izgledala da joj je bilo neprijatno što sam tu dok je obavijala usne oko njegovog glavića. Nije ni obraćala pažnju na mene, imala je važnije stvari pred sobom.

Videla sam da se mučila kao i ja prethodnog dana. Išla je oprezno napred-nazad, i polako ga sve dublje primala u sebe. Ubrzo je počela da mu lagano puši pa sam ustala. Otkopčala sam farmerke dok sam ih gledala, i skinula ih sa sebe. Raskopčala sam i košulju i bacila je na krevet. A za njom i brushalter i gaćice. Prijalo mi je što sam po prvi put bila potpuno gola ispred njega. Zadirkivala sam ga sa tim. Znala sam da me neće jebati. Zbog toga sam mu i dovela Milicu.

Gledao me je napaljeno dok sam mu hrabro pokazivala pičku. Milovala sam svoje tople usmine dok sam drugom rukom prolazila kroz Milicinu kosu. Darko je probao da me uhvati za sisu, ali sam se izmaknula.

Stala sam iza njega i svukla mu farmerke do članaka. On se izvukao iz njih. Skinula sam i majcu sa njega i bacila je preko mojih stvari. Zagrlila sam ga od pozadi, uhvatila ga za kurac i milovala mu grudi. Milica se i dalje borila sa njegovim kurcem u ustima. Stenjala sam tiho dok sam se trljala bedrima o njegovo dupe. Po prvi put smo stajali goli jedno pored drugog, i prvi put sam osetila istinsku bliskost sa njim.

Milica je skinula košulju i brus. Milovala je bradavice dok mu je pušila. Nekoliko puta je prekidala i pogledala ga. Znala sam da jedva čeka da je tuca, ali da okleva da primi tako debeli kurac u sebe. Stala sam ispred nje, uhvatila za ruku i pomogla joj da ustane. Osetila sam se iskusnijom od nje, iako to nisam bila.

Obuhvatila sam je oko kukova i poljubila. Bila je iznenađena, ali je uzvratila poljubac. Znala sam da se nikad ranije nije poljubila sa devojkom. Posle iskustva sa Marijom, osetila sam se opuštenija u tome. Prijalo mi je da se ljubim sa Milicom, shvatila sam da sam to odavno želela, iako nikad sebi nisam priznavala.

Kad sam joj otkopčala šlic, sama je svukla farmerke sa sebe. Okrenule smo se ka Darku. Odnekud je izvukao kondom i već ga je stavio. Nisam imala pojma da kondom može toliko da se raširi. Čula sam kako je Milica uzdahnula dok ga je gledala, a onda je legla na krevet i raširila noge. Milovala je pičku, ne skidajući pogled sa njegovog kurca. Popela sam se na krevet i sela iza nje. Raširila sam noge i naslonila joj glavu na moj stomak.

Obe smo zurile u njegov kurac dok joj je prilazio. Pogledala sam njenu pičku. Nekako mi je delovala previše nežno za njega. Znala sam koliko je tipova imala, i koliko je njena ribica njih primila u sebe. Ali dok sam gledala u taj kurac, skoro da mi je bilo žao. Osetila sam krivicu što sam drugaricu dovela na takvo mučenje.

Pružila sam ruku i pomilovala je. Kratke dlačice skrivale su uske usmine. Mislila sam da nema nikakve šanse da takvo čudovište uđe u nju. Darko joj je prišao i stavio glavić preko usmina. Nekoliko puta se protrljao o njih, a onda ga je gurnuo napred.

Zadivljeno sam posmatrala kako su joj se usmine savile, a onda raširile da bi mogle da ga prime. Gurnuo ga je napred nazad nekoliko puta, sve dok ga konačno nije potpuno zabio u nju. Ona je svo vreme zatvorenih očiju glasno stenjala, zvučalo je kao da je boli, ali on nije obraćao pažnju. Otvorila je oči kad je osetila da ga je potpuno primila. Pogledala ga je zadovoljno i nasmešila se.

Darko je podigao glavu ka meni. Uhvatila sam ga za potiljak i poljubila. Polako ga je izvadio iz Milice, a onda ga ponovo zabio. Gledala sam zadivljeno kad je počeo da je jebe. Njegov ogromni kurac nestajao je u malenoj Milicinoj pičkici. Izgledalo je kao da je ulazio lako, ali ona ga je čvrsto držala za podlaktice i glasno stenjala dok se nabijao u nju.

Napalila sam se jako dok sam ih gledala. Jebao je kao mašina. Ulazio je snažno u nju, istim brzim ritmom. Činilo mi se da se svo troje ljuljamo na tom tvrdom krevetu od toga. Provukla sam ruku ispod Milicinih leđa i počela da drkam. Drugom rukom sam uhvatila Milicinu sisu i snažno je stiskala.

Tog trenutka sam shvatila da hoću i ja da se tucam sa njim. Hoću da i ja primim njegov kurac u sebe. Ko šiša Filipa, ako on nije hteo da jebe Mariju, nisam mu ja kriva.

Počela sam da svršavam onda kad sam videla da je i Darko blizu orgazma. Osetila sam kako mi talasi uzbuđenja prolaze telom dok sam gledala kako vadi kurac iz Milicine pičke. I ona je spustila ruku između nogu i trljala klitoris. Darko je skinuo kondom i bacio ga na pod. Gledao nas je i brzo drkao između Milicinih nogu. Ona je glasno uzdahnula kad je mlaz sperme izleteo iz njega.

Taj prvi mlaz je potpuno preleteo njeno telo, i zveknuo me posred lica. Bilo je toliko snažno i iznenadno, da sam se trgnula. Još uvek sam imala naočare na licu, jedna kapljica je prekrila čitavo staklo sa jedne strane. Kroz naočare sam mogla da vidim samo na jedno oko. Ostatak je završio na mom čelu i obrazu.

Darko je nastavio da se izliva na Milicu. Prskao je po sisama i stomaku dok je glasno stenjao. Milica je jednom rukom razmazivala toplo seme po sisama a drugom i dalje masturbirala. Ostaci Darkove sperme su joj se slivali na mokre prste koji su se sve brže provlačili između usmina. Darko je ustao, prišao stolu i uzeo novi kondom. Navukao ga je na sebe i ponovo prišao Milici. Ušao je u nju, tvrd kao da malo pre toga nije svršio. Jauknula je kad ga joj je opet nabio. A onda je počela da svršava, sa njim u sebi. Posmatrali smo je dok se tresla između nas, zatvorenih očiju, sa noktima zarivenim u Darkove bicepse.

Otvorila je oči kad je završila. Spustio se ka njoj i poljubio je. Gurnuo ga je još jedanput dublje u nju, a onda se izvukao. Pogledala sam je ispred sebe. I dalje je ležala zatvorenih očiju. Njeni prsti su polako prelazili preko mokre pičke. Delovala je zadovoljno, ali kao da je bila previše umorna da bi se pokrenula.

I dalje sam raširenih nogu sedela iza nje. Pitala sam se da li da se obučem ili da sačekam da ona ustane. Tek tad sam pogledala Darka. Držao je kurac u ruci i polako ga drkao dok je gledao Milicu. Nije imao nikakvu nameru da prestane. Prišao nam je i povukao je ka sebi.

Uhvatio je za članke nogu i povukao je naglo, preko čitavog kreveta. Doveo je do ivice, spustio na pod a onda je okrenuo od sebe.

Klečala je ispred njega, sa rukama oslonjenim na krevet. Naguzila se i čekala. Kleknuo je iza nje. Gledao joj je dupe, i milovao ga dok je drkao. A onda je ušao u nju od pozadi. Gledala sam lice svoje prijateljice. Nikad ranije je nisam videla takvu. Nisam mogla ni da zamislim da ću je gledati kako se jebe. Uvek sam slušala njene priče o drugim muškarcima, a ovo je bio prvi put da sam je videla na delu.

Zatvorenih očiju, na licu je imala izraz mešavine bola i uzbuđenja dok se on nabijao u nju. Ali izgledala je prelepo. Kao da je lice u ekstazi bilo njeno pravo lice, a ono što sam gledala svakodnevno samo njena maska. Posmatrala sam njene poluotvorene vlažne usne dok je kroz njih puštala tihe zvuke uzbuđenja. Poželela sam da mi poliže pičku. Sedela sam na vrhu kreveta i pitala se šta bi radila kad bih joj se približila. Kad bih raširenih nogu sela ispred nje. Kako bi reagovala kad bi otvorila oči i ispred sebe videla moju raširenu vrelu mačkicu, spremnu za njen jezik. Da li bi mi polizala?

Zadrhtala sam dok sam maštala o tome. Skoro da sam se bila uplašila tih misli. Ipak mi je ona bila prijateljica. Trebalo je još puno kafa da popijemo zajedno. Ne bi bilo dobro da to upropastimo zbog kratkog zadovoljstva.

Ponovo sam pogledala Darka. Uopšte nije gledao u mene. Mislio je da i dalje neću da se jebem s njim, i nije više ni računao na to. Nije mogao da zna da sam se predomislila. Nije znao da sam tad jako želela da se pojebem s njim.

Sela sam na pod pored Milice i raširila noge. Prelazila sam prstima polako preko vlažnih usmina dok sam ga gledala u oči. Pogledao me je nekoliko puta. Zadržao bi pogled na meni na kratko, a onda bi se opet okrenuo ka naguženoj Milici. Zurio je u njena leđa i profil, dok me je ona posmatrala kako se dodirujem. Ne znam koliko puta sam ga napaljeno pogledala, željno obliznula usne, ali ništa nije vredelo. Ili ništa nije kapirao, ili mu se više sviđalo da guzi Milicu.

Ustala sam i prišla mu. Priljubila sam se uz njega i stvarno osetila njegovu snagu. Svaki mišić na njegovom oznojanom telu je bio zategnut dok se brzo nabijao u moju prijateljicu. Uzdahnula sam dok sam postavljala vlažnu pičku na njegove kukove. Trljala sam se o njega i grlila ga dok je guzio. Dlanovi su mi sve prelazili preko njegovih oznojanih grudi. Milovala sam mu čvrsto dupe i prelazila vlažnim usminama preko njegove tvrde mišićave butine. Sve više sam se napaljivala, trebao mi je kurac. Htela sam da mu kažem da hoću da me jebe, da proštaptam "nabij mi tu svoju kurčinu i jebi me", ali nisam mogla ništa da prevalim preko usana.

Onda sam se setila da ja imam i drugog jebača, onog koji je izgleda bio umislio da mi je momak. Odmah sam se na brzinu obukla i izjurila iz stana. Pretrčala sam preko hodnika i pozvonila na Filipova vrata. Čim je otvorio skočila sam na njega. Poljubila sam ga strasno i prislonila uza zid. Zatvorio je vrata iza sebe kad sam podigla jednu nogu i pritisnula bedra o njegova. Bio je zbunjen, kao da je pomalo oklevao. Pretpostavljala sam razlog.

"Jel su ti roditelji tu?"

"Neće biti ovde celo leto"

"Super"

Uzela ga za ruku i povela unutra. Onda sam videla pravi razlog njegove zbunjenosti. U njegovoj dnevnoj sobi sedeo je neki tip koga nisam poznavala. Ispred njega su bile šoljice kafe i cigarete.

Ali nisam se zbunila. Prišla sam mu i pružila ruku, onu koja je do malopre bila na mojim usminama.

"Ćao, ja sam Ana. Sad će Filip da se vrati, imamo nešto da pričamo"

Ponovo sam uhvatila Filipa za ruku i povukla ga ka njegovoj sobi. Počela sam da se skidam i pre nego što je zatvorio vrata. Još uvek je bio pomalo zbunjen. Opustio se tek kad sam počela da mu pušim. Čim se digao, svukla sam mu pantalone do članaka i gurnula ga na krevet. Opkoračila sam ga i sela mu na kurac. Duboko sam uzdahnula i kriknula od zadovoljstva kad sam konačno osetila kurac u sebi.

Jebala sam ga glasno, zatvorenih očiju. Stenjala sam, cičala, uzdisala, jaukala i jecala. Prijao mi je kurac koji me je ispunio. Glas mi je zadrhtao kad sam kriknula još jednom, onda kad sam počela da svršavam. Otvorila sam oči i gledala ga dok sam se tresla u orgazmu. Posmatrao me je uzbuđeno, i pomalo iznenađeno. Mislim da me nikad nije video toliko napaljenu.

Na trenutak sam se savila ka njemu i poljubila ga. A onda sam se ponovo uspravila i samo nastavila da ga jašem. Trebalo mi je još. Kosa me je udarala po ramenima dok sam zadihano skakutala po njemu. Ponovo sam glasno vriskala i cičala. Namerno. Želela sam da nas njegov gost čuje u dnevnoj sobi. Želela sam da zna da je njegov drugar odličan jebač.

Uhvatio me je za bokove i pokušao da me podigne. Videla sam šta je hteo. Voleo je da me tuca u guzu, to mu je zbog nečega najviše prijalo. Ali samo sam nastavila da ga jašem, nije mi bilo do toga.

Uhvatio me je rukama za sise kad je video da neću da me naguzi. Napućila sam usne i gledala ga u oči. Stenjala sam i ložila ga pogledom. Slušala sam kako dahće sve brže i skočila sa njega kad je počeo da svršava. Uzela sam kurac u usta i izdrkala ga u grlo. Izvadila sam ga iz sebe tek kad sam osetila da se skroz ispraznio. Poljubila sam glavić i nekoliko puta ga polizala, od dna do vrha. Nasmešila sam mu se dok smo se gledali. Znao sam da se još uvek pita odkud sam došla tako iznenada i još toliko napaljena.

Ležali smo tako neko vreme u tišini, a onda je on ustao. Obukli smo se i izašli napolje. Njegov drugar nas je gledao raširenih očiju. Trudio se da izgleda kul, kao ništa nije čuo, ali videla sam da me je posmatrao drugačije. Nekako napaljenije. Znala sam da mu se kurac digao, i da bi me rado izjebao. Pretpostavila sam da je znao da nisam Filipova devojka. Možda se i nadao da će mu Filip dati dozvolu da me startuje.

Imala sam nameru da sednem sa njima. Želela sam da ga malo ložim, i uživam u njegovoj napaljenosti. Ali sam se setila Darka i Milice. Okrenula sam se ka Filipu.

"Moram da idem, samo sam na brzinu htela da te vidim"

Iznenadio se, tražio je da ostanem, ali samo sam odmahnula i rekla da stvarno moram da idem. Mislila sam da odem sama do hodnika, ali Filip je baš navalio da me isprati. Valjda mu je bilo čudno i krivo što sam tako na kratko došla.

Stigli smo do lifta i dogovorili da se sutra vidimo. Poljubio me je i ušla sam u lift. Mahnuo mi je još jednom dok su se vrata zatvarala. Spustila sam se dva sprata niže, sačekala malo, a onda se ponovo vratila na njihov sprat. Polako sam izašla u hodnik. Sama pomisao da krišom idem kod njegovog komšije me je ponovo napalila. Mislila sam da ako naletim na Filipa, reći ću da sam se predomislila. Ali njegova vrata su bila zatvorena. Brzo sam ponovo ušla u Darkov stan. Košulju sam skinula još u predsoblju.

Ležali su na krevetu kad sam ušla. On je bio na leđima, a ona na boku, oslonjena glavom na njegove grudi. Izgledali su kao momak i devojka dok su nešto šaputali. Skoro da sam osetila ljubomoru kad sam ih videla. Na trenutak mi je bilo krivo što sam dovela Milicu, izgledalo je kao da će da mi ga ukrade.

Ali on se nasmešio kad me je video. Znala sam da me još uvek želi. Stala sam na sred sobe. Ponovo sam skinula sve sa sebe, polako, dok sam osećala njihove poglede. Tako gola sam se naslonila na njegov radni sto. Lagano sam mastrurbirala pred njima, dok sam gledala njihova oznojana isprepletena tela. Drugom rukom sam uhvatila sisu u nežno je stiskala.

Zadovoljno sam primetila da je njegov poluspušteni kurac polako počeo da se diže dok me je gledao. Raširila sam usmine vlažnim prstima kad se skroz digao.

"Dođi", prošaptala sam.

Želela sam da mu bude potpuno jasno. U prvom trenutku kao da nije verovao, a onda je ustao. Poljubili smo se kad je stao pored mene. Uzeo je kondom sa stola, pocepao omot i počeo da ga stavlja. A onda ga je odjednom bacio.

"Ne treba nam ovo", rekao je.

Ništa nisam odgovorila. Uhvatila sam ga za kurac i privukla sebi. Obuhvatila sam ga prstima i trljala ga između usmina. Onda sam ga postavila mirno na moj ulaz i uhvatila ga za dupe. Povukla sam mu bedra ka sebi.

Prestala sam da ga ljubim kad je počeo da ulazi. Osetila sam kako lagano drhtim dok mi je njegov glavić konačno polako prolazio između usmina. Spustila sam glavu. Želela sam da vidim kako nestaje u mojoj pički. Kao i Milici ranije, usmine su se povile pred njim, i širile sve više u stranu da bi ga primile između sebe. Glavić sam primila skoro lako. Disala sam duboko dok sam ga gledala kako nestaje u meni. Kad je počeo da ga gura dublje, zabacila sam glavu unazad i glasno zastenjala.

Ispružila sam se na stolu. Nešto je bilo ispod mojih leđa, Darko je jednim pokretom izvukao tastaturu i bacio je na pod. Ležala sam dok je ulazio u mene, mislila sam da ću ga tako lakše primiti. Ali imala sam osećaj da će se mi pička pocepati od njega. Bolelo je, peklo je, ali je istovremno bilo savršeno lepo. I uživala sam i mučila se dok je tako širok ulazio. Ponovo sam se pridigla, nadajući se da će tako biti lakše, a onda odmah zatim ponovo legla. Nije bilo lakog načina da se primi tolika kurčina.

Darko ga je i dalje polako gurao, nije obraćao pažnju na moje stenjanje i grčenje lica. Videla sam da nam je Milica prišla i stala pored nas. Gledala sam je i pitala se kako je moguće da ga je ona primila, izgledalo mi je lakše kad je ulazio u nju.

A onda sam osetila snažan udarac njegovih bedara o moje butine. Gurnuo me je tako jako da sam temenom udarila u monitor na njegovom stolu. Znala sam da ga je konačno potpuno nabio u mene. Obuhvatila sam ga nogama, nisam želela da se pomera. Svaki pokret mi je pravio bol, i želela sam da se naviknem na to čudo u meni. Polako sam se opuštala. Znala sam da mi pička nikad ranije nije bila vlažnija. Potpuno se raširila da ga primi.

Polako je počeo da pomera bedra. Njegov kurac se teško i sporo pokretao u meni. Izvlačio ga je i gurao nazad sve više i dublje i ubrzo je to postalo pravo jebanje. Njegov kurac je ubzo klizio između zidova moje pičke. Što ne znači da sam to lako podnela. Svo vreme mi se vrtelo u glavi i nekoliko puta mi se činilo da ću se onesvestiti od uzbuđenja. Osećala sam se kao da lebdim na tom stolu dok je počinjao da me jebe.

Otvorila sam oči kad sam se malo privikla na njegov kurac. Gledala sam ga kroz poluspuštene kapke i videla da stvarno uživa, kao i ja. Tek tada sam shvatila da se stvarno jebem sa njim. Sve ono do tad mi je davalo osećaj bliskosti s njim, ali opet, tek tada, dok me je njegov kurac snažno nabadao, tek tada sam osetila da je moj.

Ne znam koliko dugo me je tucao. Činilo mi se da traje satima, i svakog sekunda sam uživala. Svršila sam jednom, glasno, i nadala se da će me Filip čuti u svom stanu. Nadala sam da će doći i videti nas. Gledala sam Milicu kako masturbira pored nas, i želela da se Filip pojavi. Želela sam da tuca Milicu na krevetu, i da ih gledam dok se jebem sa Darkom. Bila sam toliko napaljena da sam bila ubeđena da je to odlična ideja.

A onda je nečiji telefon zazvonio. Polako sam trljala klitoris dok je Darko ulazio u mene, i nisam obraćala pažnju na zvono. Milica se odmaknula od stola, i donela telefon. Otvorila sam oči i zbunjeno gledala u njenu ispruženu ruku sa telefonom. Trebalo mi je nekoliko sekundi da shvatim šta se dešava. Videla sam telefon, čula zvono, ali uopšte nisam mogla da povežem da je to bio moj telefon, i da me je neko zvao. Mislim da u prvom trenutku nisam bila ni svesna da je to bio telefon. Ne znam ni da li sam tad znala šta je to telefon. Za mene je postojao sam ogroman kurac koji me je polako ispunjavao dok sam uzdisala na stolu.

Milica me je gledala, provalila koliko sam zbunjena i rekla ”Javi se ako hoćeš”. Tek me je zvuk njenog glasa vratio u realnost.

Filip me je zvao. Nisam morala da odgovorim, ali sam želela.

I istog trenutka zažalila.

Mislila sam da bi bilo baš zanimljivo da pričam sa njim dok se je Darkov kurac nabija u mene. Čim sam progovorila, shvatila sam da je to bilo nemoguće. Zastenjala sam i glas mi je pukao. Nisam smela ništa da kažem. Stegla sam usne i ćutala.

Darko me je i dalje jebao, uopšte nije obraćao pažnju, nije izgledao kao da ga zanima. I da je znao koje muke imam verovatno ne bi prekidao da se nabija u mene. Poklopila sam dlanom mikrofon i zabacila glavu unazad. Stenjala sam tiho, otvorenih usta. Čula sam Filipov glas iz telefona.

”Ana, šta je bilo? Jel si okej?”

Ponovo sam pokušala da mu odgovorim, ali sam shvatila da ne mogu. Čim bih progovorila znao bi šta radim. Stavila sam dlan na Darkov stomak i gurnula ka od sebe najsnažnije što sam mogla. Ustala sam sa stola kad ga je konačno izvadio iz mene. Šetala sam gola po sobi i pričala sa njim.

”Evo me, sve je u redu. Udarila sam se, ali dobro sam”

”Šta si uradila?”

”Ma nogu. Baš sam se dobro udarila”

Rekao mi je da pazim. Zvao je onako, da vidi da li sam stigla i da proveri da li je sve u redu. Čim sam čula njegov glas, zaboravila sam na onu svoju ideju. Shvatila sam da je maštanje tokom tucanja jedno, a realnost nešto sasvim drugo. Ali ponovo sam osetila blagu grižu savesti. On se brinuo za mene, a ja sam se tucala u susednom stanu. Dok je pričao, tešila sam sebe time da je sam tome kriv, jer je i on mogao da bude sa Marijom.

Slušala sam njegov glas i pogledala Milicu. Pomislila sam kako bih mogla da organizujem da se njih dvoje negde potucaju. Da ga častim sa drugaricom. Bila sam sigurna da je već maštao o tome kako je jebe. Tako bi mi bilo lakše da se tucam sa Darkom. Pretpostavila sam da bih nju lako nagovorila, kad bih joj objasnila zbog čega to hoću. Pričali smo još malo, dogovorili se ponovo za sutra, a onda sam prekinula vezu.

Njih dvoje nisu gubili vreme. Milica se naguzila preko stola dok se Darko nabijao u nju i snažno je udarao bedrima po dupetu. Zabacila je kosu i izvila se ka njemu. Držala je dlan na njegovom ramenu i jebozovno ga gledala. Drkala sam ponovo. Nisam mogla da skinem pogled sa njih. Lepo su izgledali dok su se jebali. Moja najbolja drugarica i moj novi jebač.

Onda ga je on izvukao iz nje. Uhvatio je za rame i povukao je ka sebi. Kad sam videla da je kleknula, pojurila sam ka njima. Nisam želela da propustim to. Stigla sam taman kad je počeo da je prska. Mlaz tečnosti joj je zalio lice, a onda je okrenuo kurac ka meni i poprskao me novim mlazom. Uzdahnula sam. Obe smo mu se približile i stavile usne ispred glavića. Pomerale smo usne po njemu dok ih je zalivao toplim semenom.

Okrenule smo se jedna drugoj kad je završio. Njeno lice je svetlucalo od lepljive tečnosti koja se slivala niz njega. Znala sam da je moje ličilo na njeno. Poljubila sam joj vlažne usne i osetila miris njegove sperme na njoj. Polizala sam joj lepljivu tečnost sa obraza i ponovo je poljubila. Kad su jezici počeli da nam se prepliću, osetila sam kako se gubim u strasti. Njegov ukus kojeg smo razmenjivali jezicima nas je spojio. Stavila sam ruke na njene sise i nežno prelazila dlanovima preko njih.

Ona je ustala i povela me za sobom do kreveta. Legla je i raširila noge. Trebalo mi je par sekundi da shvatim šta je želela. Legla sam naspram nje, raširila noge i približila joj se. Napravile smo makazice nogama, i prislonile naše vrele pičke jednu uz drugu.

Odmah smo počele da se trljamo. Bilo je uzbudljivo, nisam ni sanjala da ću to nekad raditi, a pogotovo ne sa najboljom prijateljicom. Njena vlažna pička je klizila preko moje, i osećala sam kako njeni sokovi klize niz moje butine. Uživala sam u toploti njene pičke koju sam osećala na svojoj. Prijala mi je blizina njenog napaljenog tela. Obe smo glasno stenjale. Čvrsto sam stezala njenu oznojanu nogu i lepo dupe dok sam vrtela bedrima između njenih butina.

Ne znam koliko je to trajalo. Trebalo mi je dugo da svršim. Koliko god da mi je bilo lepo i da sam uživala, činilo mi se da mi je ipak trebao kurac za pravi orgazam. Kad smo obe svršile, pogledale smo ga. Prineo je stolicu i sedeo pored kreveta dok nas je gledao. Izgledao je kao da je uživao u pogledu na nas. Naša vlažna tela su se još uvek polako pomerala. Mazile smo se pičkama i nežno držale za ruku. Primetila sam da mu je kurac ponovo dignut.

Ostale smo tamo skoro do zore. Jebao nas je još dva puta. Milica je bila umorna na kraju, i želela je da prespava tu, ali sam je ubedila da je bolje da idemo. Bilo mi je glupo da spavam u Filipovoj zgradi, a nisam želela da Milicu ostavljam samu sa Darkom. Pozdravile smo se sa njim i izašle.

Na ulici sam uzela telefon da zovem taksi, ali je ona predložila da prespavam kod nje. Ušle smo u njen stan i odmah krenule u njenu sobu. Bile smo preumorne i da se tuširamo. Samo sam skinula odeću i u gaćicama i brusu legla pored nje u krevet.

Sutradan sam se probudila i u polusnu osetila nečije ruke na sisama. Otvorila sam oči. Nasmejana Milica je ležala pored mene.

”Dobro jutro”

Svukla mi je korpicu brusa sa jedne sise i lizala mi bradavice.

”Izvini”, i dalje se smeškala, ”Nisam odolela”

Nije mi smetalo. Čak mi je prijalo. Pomilovala sam je po glavi. Lizala me je još malo a onda je podigla pogled.

”Jeli, jel smo mi sad lezbejke?”

Nasmejala sam se.

”Ma da, prave”

Pridigla sam se i poljubila je. Pogledale smo se u oči. Pomilovala sam je po kosi i prošaputala.

”Drago mi je da smo ono uradile. Bilo mi je baš lepo s tobom”

”I meni”

”Sad bar znamo, ako nema tipova, uvek možemo jedna s drugom”

Klimnula je glavom. Poljubila mi je bradavicu još jednom na brzinu, a onda me je pogledala.

"Može kafa?"

Pet minuta kasnije, sedele smo za njenim stolom u kuhinji. Malo smo pričale o događajima od sinoć, a onda smo zaćutale. Vagala sam po glavi koliko je dobra ona moja ideja da je nabacim Filipu.

"Nego... da te pitam"

"Reci"

"Jel bi htela ti da se tucaš sa Filipom?"

"Jao Ana, šta ti mene pitaš? Ma ne bi mi palo na pamet"

Shvatila sam da me nije razumela.

"Ma ne bre... Ako bih ti dala dozvolu, jel bi se tucala s njim?"

"Svejedno, zvuči čudno. Ja njega gledam maltene kao tvog momka"

"Ali nije"

"Znam da nije"

Zaćutale smo. Dobro sam je poznavala, i znala sam da već zamišlja kako bi to izgledalo. Onda je podigla pogled ka meni.

"I kako si to zamislila? Jel bi to bilo kao sinoć sa Darkom, ili bi me on tucao a ti gledala, ne razumem kako?"

"Kako god bi tebi bilo dobro. Mogu da budem sa vama ali i ne moram"

Premišljala se nekoliko trenutaka a onda je izgledalo kao da je prelomila.

"Ne mogu jebote. On mi je kao drug, kako sad odjednom da se jebem s njim?"

"Lepo. Kao i sa bilo kim. Jel ti se sviđa on?"

"Pa ono... uvek je bio sladak"

"Onda možeš. Ako ti je lakše, ja čak i ne moram da budem tu. Smuvaj ga sama, ne trebam vam ja"

Milica je grickala usnu. Videla sam da je već gotova. Mogla sam da pretpostavim da već zamišlja njegov kurac. Prenula se i pogledala me.

"A što ti to hoćeš?"

Uzdahnula sam i rekla joj. Ispričala sam joj sve od početka, opisala kako me je Darko startovao, i kako je čak Filipu ponudio svoju devojku u zamenu za mene, i dodala sam joj da osećam grižu savesti zbog toga što se tucam sa njegovim drugom i komšijom. Milica se nasmešila na kraju.

”Pa dobro onda, ako treba da ti učinim uslugu...”

Obe smo se nasmejale. Znala sam da voli da se tuca kao i ja. Samo joj je trebao dobar izgovor.

Tog popodneva stala sam sa Milicom ispred Filipovih vrata i pozvonila. Okrenula sam se ka njoj i ponovo je pogledala. Nosila je patike, bele helanke ispod kojih nije imala ništa i crveni sportski brus. Klimnula sam joj zadovoljno i osmehnula joj se. Primetila sam da je pomalo uzbuđena pa sam želela da je ohrabrim.

Filip se iznenadio kad nas je video obe na vratima. Očekivao je samo mene. Bio je malo razočaran što sam došla sa Milicom. Izgleda da je imao neke planove koji su uključivali samo nas dvoje. Uveo nas je u sobu i seo je u fotelju naspram Milice kad nam je sipao sok. Dok smo pričali, primetila sam da se Milica opustila. Čak mi se činilo da je počela da se loži. Posmatrala ga je kao plen na koga će uskoro da skoči. Nekoliko puta ga je dobro odmerila pogledom. Nadala sam se da je i on to primetio.

Ustala sam i krenula ka kuhinji.

”Jel imaš još onih kolača?”

”Imaš tamo, znaš gde su”

”Znam”

Izašla sam i odmah ostala iza vrata. Želela sam da čujem šta se dešava. Ćutali su neko vreme, a onda je Milica progovorila.

”Jel si to vežbao skoro?”

”Nisam, što?”

”Izgleda kao da jesi, kao da su ti ruke jače”

Ništa nije rekao nekoliko sekundi, pa je Milica nastavila.

”Hoću da kažem, baš dobro izgledaš. Ček da pipnem, moram”

Promolila sam glavu iza vrata. Sedeo je leđima okrenut meni. Milica je polako, baš polako ustala skupljenih kolena, dajući mu šansu da je dobro odmeri. A onda je prešla sobu vrteći bedrima i stala pored njega. Dodirnula mu je biceps.

”Uffff, baš je dobro. I šta kažeš, nisi vežbao? Baš si skroman”

Stajala je tačno ispred njega. Mogao je lepo da vidi njene usmine koje su se ocrtavale kroz helanke. Baš pred njegovim licem.

”A ček da pipnem i ovaj drugi”

Nasmejala sam se kad mu je sela u krilo. Brzo sam otišla u kuhinju. Ubrzo nakon toga sam začula korake iza sebe. Otvorila sam frižider i pretvarala se da tražim kolače. Filip je ušao, zajapuren u licu.

"Koji je kurac ovoj Milici?"

Pogledala sam ga nedužno.

"Što?"

"Pa ono jebote...", nije znao kako da mi kaže, "Izgleda da mi se nabacuje"

Slegla sam ramenima.

"Pa to je dobro. Mogli bi da se tucate. Ako ona hoće"

"Šta?"

"Imaš moju dozvolu. Lepo izgleda, nema tipa, što je ne bi jebao? Šta fali mojoj drugarici?"

Filip je bio zbunjen. Izgleda da je očekivao drugačiju reakciju.

"Ne fali joj ništa, nego..."

"I rekla mi je da si sladak. Verovatno joj fali muškarac, zna da ti i ja imamo otvorenu vezu, i htela je devojka da pokuša"

"A to što je ona tvoja drugarica?"

"Ne da mi ne smeta, nego baš zato što je moja drugarica, treba da joj pomogneš, vidiš da je sama"

Počešao se po glavi, potpuno zbunjen. Malo je falilo da ne prsnem u smeh.

"Da ali, ipak..."

"Šta kao, nikad nisi maštao da je tucaš? Nikad nisi drkao na nju?"

Gledao me je ćutke nekoliko trenutaka, a onda pokazao na sobu.

"Okej, ja idem sad tamo... Jel si našla kolače? Dobro. Čekamo te"

Razmišljala sam da li da ostanem još u kuhinji i dam mu vremena, ili da im se pridružim i pomognem. Znajući Filipa, to muvanje je moglo da potraje sat vremena. A ja sam htela da odem u stan preko puta. Uzdahnula sam i krenula ka sobi.

Prišla sam mu čim sam ušla. Nisam htela da gubim vreme. Nisam ih uopšte ni gledala. Kleknula sam ispred njega i odmah mu izvadila kurac. Uzela sam ga u ruku i podigla pogled. Za trenutak se ukočio. Pogledao me je zapanjeno, a onda je pogledao Milicu. Nakon što je moj dlan nekoliko puta prešao njegovom dužinom, opustio se. Shvatio je da nema razloga za napetost. Uzela sam mu kurac u usta i pušila ga. Kad me je uhvatio za glavu shvatila sam da se dovoljno opustio. Izvadila sam ga i okrenula profil Milici.

”Milice? Hoćeš da mi se pridružiš?”

Došla je pored mene i kleknula između njegovih kolena. Pogledala ga je u oči.

”Vrlo rado”

Stavila mu je dlan na kolena i pomilovala mu butine. Uzela je kurac u ruku i stavila ga u usta. Dok ga je gutala, prelazila je dlanom preko njegovog stomaka. Mumlala je dok je iskusno pomerala glavu po njemu. Izvadila ga je i oblizala usne.

”Baš je veliki”, nasmešila mu se.

Ustala sam, pomilovala je po glavi i poljubila Filipa. Na vratima sam se još jednom okrenula ka njima.

”Okej, vi se igrajte, ja moram da idem”

Očekivala sam da Filip kaže nešto, da me pita gde idem i što, da traži da ostanem... Ali ništa od toga. Potpuno se prepustio Milici.

Radosno sam pretrčala preko hodnika i pozvonila na Darkova vrata. Skočila sam na njega čim ih je otvorio. Po prvi put sam bila sa njim bez griže savesti. Tucali smo se satima, i svo vreme sam bila svesna da se i Milica tucala sa Filipom u susednom stanu.

Uveče mi je poslala poruku. Darko me je guzio na podu kad je telefon zapištao. Dodao mi ga je i na ekranu sam pročitala njeno ”Šta radiš? :) ”. Nasmejala sam se. Šta je mislila da radim? Dok sam joj drhtavim prstima kuckala odgovor, Marko nije prestajao da me guzi. Zamišljala sam i nju u istoj pozi, sa mojim Filipom. Razmenile smo nekoliko poruka, i sve vreme sam imala sliku nje i Filipa kako se jebu dok mi ona piše. Bacila sam telefon i spustila glavu kad više nisam mogla da trpim uzbuđenje. Svršavala sam dok su se poruke nizale jedna za drugom.

Na kraju mi je pisala da ponovo mogu da prespavam kod nje, pa smo dogovorile vreme kad ćemo obe da izađemo iz stanova naših jebača. Iskrale smo se u zakazano vreme i svo vreme se veselo kikotale u liftu jedna pored druge.

Sutradan nismo mogle da se odvojimo jedna od druge. Pričale smo i smejale se čitav dan, prepričavajući događaje od prethodne i one prve noći. Dok smo pile kafu u njenoj kuhinji, prvo sam je pitala šta se dešavalo u sobi nakon što sam izašla.

”Moram da ti kažem, onaj Filip ti je prava zver. Ja mislila on fin dečko, uzdržan, stidljiv... Kad ono... razvalio me je sinoć”

”Znam, takav je kad se opusti. Ja kad sam ga pitala jel hoće da bude s tobom, skroz je bio u fazonu, kao kako ću ja sa Milicom, pa to ti je prijateljica, nije u redu... I sve tako”

”Ma da, trebalo je da ga vidiš kad si otišla”

”Šta je radio?”

Milica je otpila malo kafe dok se prisećala.

”Pušila sam mu još malo, a onda sam ustala kad me je uhvatio za lakat. Stala sam ispred njega i pitala se šta će da uradi. Samo me je gledao između nogu i drkao. Podigao je drugu ruku i počeo da me miluje. Prelazio je dlanom po mom dupetu, butinama, pažljivo mi prstima milovao usmine...

Osećala sam kako su mi helanke postale skroz mokre. Uhvatila sam ga za glavu dok sam vrtela bedrima ispred njega. Videla sam mi se pička skroz ocrtavala kroz tkaninu, kao da je nije bilo. Dahtao je dok je gledao u nju. Oboje smo se baš naložili. Onda je on pustio kurac, uhvatio me obema rukama između nogu i pocepao mi helanke”

”Aha, zato si posle imala njegove farmerke”

”To mi je posle dao, šta ću. Uglavnom, odnekud je doneo kondom, gurnuo me dole i raširio mi noge. Izjebao me je odmah tu, na podu sobe. Skinula sam brus da i njega ne pocepa, i ubrzo svršavala sa njim. Onda ga je izvadio i isprskao me. Počela sam da ustajem, ali me je ponovo gurnuo dole. Stavio je novi kondom i još jednom se nabio u mene”

”Baš se napalio?”

”Skroz. Gledala sam ga iznad sebe, dok se onako oznojan nabijao i pitala se šta sam to uradila da ga toliko napalim”

”Pa dobra si riba jebiga, što da se ne naloži”

”Jesam”

Nasmejale smo se. To je bila istina.

”A i moja si prijateljica”

”I tako, jebao me je na podu, i kad je završio ponovo me isprskao. Ostali smo da ležimo dole, i ja sam bila previše umorna da ustajem. Bio je fin, milovali smo se i pričali. Dok mu se ponovo nije digao. Onda se opet probudila zver”

Nasmejale smo se. Znala sam to dobro.

”Odjednom je zaćutao. Samo me je okrenuo na podu, a onda mi pocepao helanke i pozadi. Hteo da mi uđe u guzu”

”To ti nisam rekla ranije. On baš voli da guzi. Jel si mu dala?”

”Ma nema šanse. Kad sam videla koliko mu je dugačak, nisam ni pomišljala na to”

”E vidiš, ja sam to primala u sebe”

”Stvarno?”

Klimnula sam glavom, skoro ponosno dok me je posmatrala iznenađeno.

”I kako je bilo?”

”Pričaću ti. Šta je bilo dalje?”

”Ništa. On je bio navalio, ali Milica ne da i ne da. Stavila sam lepo ruku preko i ćutala dok se nije smirio. Onda sam ga uhvatila za kurac i spustila ga niže. Nije se bunio, gurnuo mi ga je u ribicu i počeo da se nabija od pozadi”

”Jel ti se svidelo?”

”Bilo je fenomenalno. I baš me je napunio, baš je dugačak. Posle me je odveo do onog mesta gde si ti sedela i tu nastavio da me guzi. Filip je dobar jebač. Ne znam koliko je puta svršio”

”Jel bi htela da nastaviš da se družite?”

Malo se namrštila i odmahnula glavom.

”Bilo je super, ali ne bih. Ne bi bilo u redu. A imam ja s kim kad mi to zatreba. Mogu da odem ako opet budeš nekad tražila, ali inače ne”

Klimnula sam glavom. Bila sam zadovoljna odgovorom.

Od tog dana, redovno sam odlazila kod obojice. Preko dana sam učila, a uveče se jebala sa njima. Kad god sam išla u njihovu zgradu, znala sam da ću biti jebana barem dva puta, i da ću morati da spustim dva kurca. Nekad sam bila previše umorna za to, nekad neraspoložena. Nekad je skoro izgledalo kao posao. Ali uvek sam revnosno spuštala te kurčeve.

Koliko god sam ponekad želela da ostanem u stanu jednog od njih, uvek sam posle toga ipak odlazila i do drugog. Uglavnom sam se sa Filipom dogovarala za rano uveče, a posle, dok je on mislio da se spremam za spavanje, jebala sam se sa Darkom u komšiluku. Dešavalo mi se da ponovo osetim bezrazložnu grižu savesti zbog toga. Poslala sam Milicu još dva puta kod Filipa, i to me je uvek smirivalo.

Darko je i dalje bio napaljen kao prvog dana. Želeo je da me tuca gde god stigne. Ponovo me je vodio u podrum zgrade, i to nekoliko puta. Poznato mesto, na kome smo se na početku prepirali i tukli, odjednom je izgledao kao zanimljivo mesto za tucanje. Dolazio mi je i na fakultet. Jebao me je i u kabini wc-a, u kafiću u kome sam mu prvi put popušila.

Filip me nikad nije jebao van njegovog stana. Nekoliko puta sam mu predlagala da me odvede u podrum. Želela sam da me tuca na istom mestu kao i Darko. Ložila sam ga da bi to bilo uzbudljivo, molila da me odvede tamo, ali nijednom nije pristao.

Jedne od tih večeri, izašla sam iz Filipovog stana i brzo ušla u Darkov. Sedeo je za kompjuterom. Bio je u svojim boksericama, očekivao me je. Skinula sam duks sa sebe, bacila ga na krevet i zadigla svoju sivu suknju. Sela sam mu u krilo. Trljala sam svoje gaćice o njegove dok smo se ljubili. Njegovi prsti su mi brzo otkopčali brus, a onda me je zgrabio za sise.

Podigao me je i postavio na sto, kao onda kad me je prvi put jebao. Zadigao mi je suknju još više i ušao u mene. Čvrsto sam ga držala za podlaktice i prisećala se prethodnog puta na istom mestu. Osećala sam kako puno lakše ulazi u mene. I dalje je bio ogroman i previše širok, ali je postalo podnošljivo. Barem više nisam osećala nesvesticu i uživala sam još više.

Gledao me je u oči dok je ulazio, i nekako sam odmah znala šta je hteo. Postala sam sigurna kad me je okrenuo. Naslonila sam se laktovima na sto, a on je pokušao da mi uđe u guzu. Odmahnula sam glavom. Pokušavao je to i ranije, ali nikad nisam želela. Sa Filipovom željom mi je bilo lako. On je bio duži, ali i puno uži. Za Darkov kurac nisam bila sigurna da bi uopšte mogao da uđe.

Kao i obično, nije se bunio. Samo ga je spustio niže i gurnuo ga u drugo mesto. To je bila moja omiljena poza u njegovoj sobi. Da me guzi na njegovom stolu. Nekako mi je izgledalo ličnije nego u krevetu. Smireno sam se naslonila laktovima na sto, drmusala glavom dok me je nabijao i gledala u monitor njegovog kompjutera. Slušala sam jednoličan zvuk udaranja njegovih bedara o moje dupe dok sam osećala kako se oboje bližimo orgazmu.

A onda sam začula zvučnike. Skoro sam se trgnula. Svo vreme smo se jebali u tišini, a onda se začuo zvuk poziva na Skajpu. Okrenula sam se ka monitoru. Marija ga je zvala. Malo je zastao, a onda se nagnuo preko stola i kliknuo mišem. Začuli njen glas pre nego što smo videli sliku.

”Prekinula nam se veza”

Tek tad sam shvatila da je razgovarao sa Marijom pre nego što sam došla. I prekinuo je vezu svojoj devojci zbog mene, onda kad sam ušla. Čula sam ga iza sebe.

”Da”

A onda se pojavila slika. Marija se iznenadila kad nas je videla.

”Ohhh... Pa i ja sam vas prekinula”

Nasmešila se. Mahnula sam joj, trudeći se da to izgleda normalno. Teško da sam uspela u tome, nagužena preko stola njenog momka i sa njegovom kurčinom u sebi. Ponovo je počeo da se nabija u mene, kao nema veze što nas gleda njegova devojka.

”Šta radiš?”

”Evo ništa, kažem ti, spremam se na spavanje, pa sam mislila da vidim kako si ti. Nisam znala da imaš gošću”

Trudila sam se da uzvratim osmeh.

”Pa, ja sam samo, na kratko sam navratila, pa smo...”

”Nema veze, rekla sam ti, sve je okej”

Klimnula je glavom a onda zaćutala. Očekivala sam da prekine vezu, ali ostala je tu, pored nas.

Zatvorila sam oči kad je Darko ubrzao pokrete. Snažno me je nabijao na sto. Osećala sam kako se ivica stola usecaju u moje butine. Jebao me je u tišini dok nas je Marija gledala. Čuo se samo glasan zvuk lupanja stola u zid, toliko jako me je udarao. Videla sam kako se monitor pored mene trese. Sigurno je i Marija to primetila.

Darko je počeo da pravi pauze. Znala sam da namerno odugovlači, da bi nas Marija što duže gledala.

Ja svejedno nisam mogla da se opustim. Prstima sam milovala klitoris, ali sam i dalje bila napeta. Marijino lice bilo je na stolu pored nas, baš pored mog oznojanog lica. Videla sam je samo do grudi, i nisam mogla da znam šta misli. Bilo bi mi lakše da sam znala da se barem dodiruje dok nas gleda. Ali nije izgledalo kao da je to radila. Samo je ćutke posmatrala svaki naš pokret.

Izgleda je je osetila da je sve to previše napeto za mene. Konačno je progovorila.

”Jel uživaš Ana?”

”Da, baš mi prija”

”Jel si se već navikla na njegovu... širinu?”, nasmejala se.

”Ne baš. Šteta što nisi ovde Marija”

”Da sam tu, mogli bismo svo troje”

Setila sam se naše scene ispred ogledala.

”Uf, baš bih to volela. Nismo završile ono što smo počele”

”Nastavićemo jednom, biće super”

Darko mi je stezao dupe. Osetila sam kako sam kako me je razgovor sa njom malo opustio. Pogledala sam je kroz poluspuštene kapke.

”Okej, ajde sad. Dođi, čekamo te. Baš bih volela da dođeš”
Uzdahnula je dok me je gledala.
”Ne mogu”
”Što?”
”Nisam u Beogradu”
”Šteta. Pa kad ćeš doći?”
”Nisam ni u Srbiji”
Tad sam shvatila zbog čega je nikad nisam srela u Darkovom stanu.
I koji je razlog zbog kojeg je uopšte tražio drugu devojku pored nje.
”E jebiga”
”Prema tome, tucajte se dok možete, kad dođem nema više”
Nasmejala se, i pokušala da ispadne da se kao zezala. Ali znala sam
da nije. Koliko god da nije bila ljubomorna, znala sam da ne bi trpela da
se svaki dan jebem sa njenim Darkom. Nijedna devojka ne bi.

Prelazila sam prstima brzo preko klitorisa, želela sam da svršim što
pre, i da prekinem tu neugodnu situaciju za mene. Kad sam saznala
da nije u blizini, odjednom mi ponovo nije baš prijalo da se guzim
sa njenim dečkom pred njenim očima. Bilo me je skoro sramota, kao
da sam joj uzela mesto. Sigurno je drmala nostalgija, nedostajao joj je
Beograd, falio joj je dečko. Sigurno joj nije prijalo da vidi mene kako se
jebem na mestu na kome je trebalo da bude njeno.

Ali ona je bila super. Ponovo je provalila da sam napeta.

”Ali super izgledate ovako. I treba da se družite, bilo bi šteta da se
ne viđate. Uživam dok vas gledam. I pamtim kako izgledate, misliću na
vas pred spavanje”

Podigla je ruku, pomerila prste po vazduhu nekoliko puta i
nasmešila se.

Odjednom sam se nekako ohrabrila. Uverila me je da uživa dok nas
gleda, i to mi je bilo dovoljno. Ne samo što mi više nije bilo neugodno,
nego je postalo uzbudljivo. Jebala sam se sa njenim dečkom dok nas je
ona gledala. I još uživala u pogledu na nas. To me je baš napalilo. Čula
sam sebe kako sam počela da stenjem. Namerno sam to radila. Zbog

nje. I umesto nje. Želela sam da prenesem uzbuđenje na nju, da i ona dobije osećaj jebanja.

Osetila sam njene poglede na sebi. Pratila je svaki moj gest, svaku mimiku lica. Znala sam da zna koliko uživam. Isti kurac je bio i u njoj. Znala sam da je i nju isto tako guzio, na istom tom mestu na stolu.

Pogledala sam je u oči na monitoru. Pogled na njeno lice me je dodatno napalio. Gledale smo se netremice dok sam se približavala orgazmu. Želela sam da svršim sa njom. Zatvorila sam oči kad sam osetila talase uzbuđenja koji su me preplavili.

Pustila sam dugi krik kad sam počela da svršavam. Klatila sam se napred nazad na stolu, i tresla u orgazmu pred monitorom i njenim očima. Dugo je trajalo. Dugo sam odlagala orgazam i taj trenutak. Činilo mi se da će trajati satima. Drhtala sam na stolu dok se kurac i dalje snažno nabijao u mene.

Još uvek sam bila u ekstazi kad ga je Darko izvadio. Počeo je da me prska i pre nego što sam se okrenula na stolu. Gledala sam spermu koja je šištala iz njega, a onda sam podigla pogled ka njemu. Svršavao je dok je gledao lice svoje devojke. Nakon toga, mahnuli su jedno drugom i Marija se isključila.

Nisam bila previše raspoložena dok sam se vraćala. Prijalo mi to jebanje, uživala sam dok sam bila u njegovom stanu. Ali tek tad, na ulici, počela sam da razmišljam.

Ni sama nisam znala šta sam dotad mislila o tome gde je Marija. Nikad ga nisam pitala za nju, nisam ni želela da znam. Valjda sam pretpostavljala da je to neka ne tako jaka veza, da se povremeno tucaju i da je to sve. Nisam ni pomišljala da je ona negde u inostranstvu, i nije mi padalo na pamet da su stvarno u ozbiljnoj ljubavi. A ono što sam videla te večeri izgledalo mi je kao ljubav.

Tad sam shvatila da to što imam sa njim neće dugo trajati. I želela sam da to iskoristim najbolje što sam mogla.

Sutradan sam bila posebno napaljena čitav dan. Verovatno zbog tog osećaja da uživanje sa njim neće trajati večno. Toliko sam bila uzbuđena, da sam poželela da sebi konačno kupim neki erotski deo garderobe. Nisam bila sigurna šta tačno želim, pa sam pozvala Milicu da ide sa mnom u kupovinu. Čim je čula šta hoću, ponudila je da mi da nešto od svojih izazovnih stvarčica. Rekla je da ima one u kojima je uživala, i one druge, neotpakovane. Svejedno smo otišle u kupovinu.

Tog dana smo kupile crni halter koji mi se svideo, crne čarape zbog njega, dva para samodržećih čarapa i nekoliko čipkanih gaćica sa rupom. Toliko sam se naložila da sam odmah odvukla Milicu u kabinu. Obukla sam haltere, zakačila čarape za žabice i navukla gaćice a onda skočila na nju. Ljubila sam je dok sam trljala svoju golu ribicu o njenu butinu. Sreća pa je ona bila trezvenija pa me je prekinula. Bukvalno me je izvukla napolje i tako napaljenu nekako odvela do svog stana.

Pokazivala mi je svoje stvari. Imala je gomilu seksi krpica. Puno neotpakovanih gaćica, raznih čarapa i hulahopki, nekoliko haltera i baš puno helanki, raznih boja. Imala je lepe noge i dobro dupe, i znala je da to i pokaže. Presvlačile smo se u sobi, probale razne varijante i pokazivale se jedna drugoj.

Nije prošlo dugo pre nego što sam je opet poljubila. Uhvatila sam je oko struka i povela do kreveta. Raširila sam noge i sačekala da legne pored mene. Nosila sam njene čipkane gaćice, sa malim prorezom napred. Odmah je ispružila dlan i počela da me trlja. Zavukla sam svoj dlan u njene sive helanke. I ona je bila mokra koliko je bila napaljena. Drkale smo jedna drugoj u tišini dok smo se gledale u oči. Nije nam bilo čudno da tako ponovo pređemo granicu prijateljstva. Uradile smo to već jednom ranije, i ponovo je delovalo normalno i prirodno. Ili smo samo bile previše napaljene da bismo obraćali pažnju.

Svršile smo dok smo se gledale u oči. Brzo smo trljali pičke jedna drugoj, i tresle se u orgazmu na njenom krevetu.

Ležale smo još malo nakon što smo svršile. Lizala sam prste, i jezikom sa njih skupljala njene tople sokove. Posmatrala sam nju kako radi to isto.

Kad smo opet ustale, nastavile smo da probamo njene stvarčice. Dopale su mi se jedne šarene, plavičaste helanke. Činilo mi se da mi lepo stoje. Odmahnula je rukom kad sam pitala za njih.

”Ah te? One su prskane. Možeš da ih uzmeš, ali samo da znaš”

”Kako misliš, prskane? Nije to voće”

Pogledala me je. Izgledala je zbunjenije nego ja. Nije znala šta da mi još kaže. Trebalo mi je nekoliko trenutaka da shvatim. Nasmejale smo se. Prešla sam dlanom preko njih. Na butinama nisam osetila ništa. Tek kad sam dodirnula međunožje, pod prstima sam osetila nekoliko mesta na kojima se tkanina stvrdnula. Pogledala sam i videla nekoliko osušenih kapljica druge boje između nogu. Ruka mi je odmah krenula ka guzi, onda kad sam se setila ko je nosio helanke. Naravno, tamo je čitav jedan veliki deo bio tvrđi od ostatka helanki. Uspomena na puno prskanja.

”Jel si bar uživala?”

”Uf, još pitaš...”

Probala sam još nekoliko, a onda sam primetila čarape koje su mi se svidele. Bile su kao hulahopke, ali sa rupom u sredini. Ali pored toga, i bokovi su bili goli. Ličili su na haltere, jer je jedna mrežasta traka išla preko butina i povezivala čarape sa strukom. Obukla sam ih i gledala ih na sebi dok sam dlanom prelazila preko njih. Podigla sam glavu ka Milici.

”A, šta kažeš?”

”Super ti stoje. Samo da znaš, i te su prskane”

”Nije važno. Baš mi se sviđaju”

”Obuci njih onda”

Klimnula sam glavom. Dok sam stajala pred njom u novim gaćicama, sa rupom napred, stidljivo sam joj priznala.

”I bolje je što nisu nove. Tako ću te se setiti večeras, i biće mi lepše kad znam da si i ti u njima uživala”

Navukla sam te čarape na sebe i ponovo je pogledala.

”Dobro?”

”Super. Šta ćeš gore?”

”Pa farmerke”

Coknula je jezikom.

”Bre Ana... Pa ne možeš farmerke na to”

Prišla je ormanu i izvadila nekoliko svojih suknji.

Nasmejala sam se. Bilo mi je drago što tako misli na mene. Kad ih je stavila na krevet, počela je da prebira po njima. Osetila sam se kao u prodavnici.

”Za mene prskane molim”

”Sve suknje su prskane, ništa se ne brini”, nasmešila se, ”Neke i po više puta”

Uzimala je nekoliko njih sa gomile, stavljala ih preko mojih bedara, procenjivala a onda je odmahivala glavom. A onda je odabrala jedne.

”Evo, probaj ove”

Pružila mi je kariranu, crno-belu mini suknju. Čim sam je obukla, obe smo znale.

”To je to”, rekla sam.

Milica me je dobro odmeravala.

”Baš imaš dobre noge. I duge”

”To je zbog visokog struka”

Odmahnula je glavom.

”Nema veze sa suknjom, čak i bez tog kroja se vidi da imaš duge i lepe noge. Samo što se oblačiš kao kreten, pa to niko ne vidi”

Nasmejala sam se.

”Jebiga, kad bih se oblačila izazovno, svi bi me napadali. I ovako se lepe kao muve, nemam pojma zašto”

”Znam ja zašto. Zato što si dobra riba”

Ustala je i vratila suknje u orman. Uhvatila sam je za ruku dok je prolazila pored mene. Povukla sam je ka sebi i poljubila.

"Jel ti se baš sviđam?"

Uzvratila je poljubac a onda progovorila.

"Da. Ali mislim da je vreme da kreneš"

Pogledala sam na sat. Momci su me čekali.

Odlučila sam da ostavim svoj brus kod nje. Obukla sam lepu belu bluzicu koju smo ranije odabrale. Imala je ogroman izrez, spajao se skoro ispod sisa. Obukla sam kratku jaknicu preko toga, stala na čizmice, poljubila je i izašla napolje.

Dok sam hodala ka njihovoj zgradi, nazvala sam Darka.

"Dolazim za nekoliko minuta. Čekaj me ispred ulaza"

Videla sam ga iz daljine dok sam prilazila. Bio je ležerno naslonjen na zid i čekao. Onda me je primetio. Uspravio se i okrenuo ka meni. Mislim da nije treptao dok je širom otvorenih očiju zurio u mene. Smeškala sam dok sam mirno lupkala potpeticama ka njemu. Videla sam kako me napaljeno odmerava.

"Jebote, jel si to stvarno ti?"

Uhvatio me je za ruku kad sam stigla i još jednom odmerio. Onda me je je poljubio, nije mogao da sačeka. Uhvatio me je za dupe i stegnuo ga. Nadala sam se da me Filip čeka u stanu i da neće izaći i videti nas. Uhvatila sam Darka za kurac i prošaputala.

"Vodi me dole"

Znao je gde. Uzeo me je za ruku i poveo ka liftu. Samo što oboje nismo imali strpljenja da ga čekamo. Žurno smo pošli stepenicama. Osećala sam kako mi kolena klecaju. Nije mogao da sačeka da stignemo do dole, uhvatio me je u suterenu. Naslonio me je leđima na zid i zadigao mi suknju. Raširila sam noge dok mi je ljubio vrat. Stavio je ruku između njih i kad je osetio golu pičku iznenađeno me je pogledao. Onda je spustio pogled na helanke i čipkane gaćice sa rupom. Zurio je u njih dok je dlanovima prelazio preko mojih butina.

"Kako si dobra pička jebote"

Ponovio je to nekoliko puta. Nasmešila sam se zadovoljno i tad definitivno odlučila da moram da promenim garderobu. Spustila sam dlanove ka njegovim bedrima. Jedva je sačekao da mu otkopčam šlic. Čim je osetio da mu je kurac napolju, odmah ga je nabio u mene.

Čuli smo razgovor nekih komšija koji su čekali lift na spratu iznad, ali Darko nije obraćao pažnju. Gledao je u moj dekolte i grudi koje su skakutale ispod majce. Uhvatio me je dlanovima za izrez i povukao majcu dole. Sise su se otkrile pred njim. Spustio je ruke i zurio u njih dok se nabija o u mene. Dlanovima je prelazio preko Milicinih "prskanih" čarapa i jebao me snažno.

Svršili smo ćutke. Izvadio ga je iz mene i izdrkao ga na pičku. Razmazivala sam njegovu spermu između nogu i malo se milovala u polumraku. Gaćice su bile suve, njih nije isprskao. Nikad ranije nisam imala takav donji veš. Bio je dobar osećaj – jebala sam se, a opet sam sve vreme osećala gaćice na sebi. Spustila sam suknju i polako polizala prste dok me je napaljeno gledao. Polako sam krenula ka liftu.

"Idemo"

Pošao je za mnom.

"Oćemo kod mene?"

Ponadao se. Znala sam da mu je već trebalo još. Okrenula sam se u liftu i pogledala ga.

"Moram kod Filipa. Ali posle ću navratiti kod tebe"

Pritisnuo je dugme njihovog sprata i okrenuo ka meni. Odmeravao me je pogledom, kao da nije mogao da veruje. Spustio je ruku na moj struk, a drugu stavio na moju guzu. Pljesnuo me je jednom po dupetu, a onda ga stegnuo uz glasan uzdah. Jedva me je pustio kad su se vrata otvorila.

Kad je trebalo da se rastanemo, uhvatio me je za ruku i povukao ka sebi. Obgrlio me je oko struka i obema dlanovima zgrabio za dupe. Priljubio je svoje bedra uz moja. Približio mi se i poljubio strasno. Pokušala sam da se izvučem. Uplašila sam se da me neće pustiti.

"Čeka me Filip"

Osetila sam njegov dignuti kurac na svojoj butini. Trljao ga je lagano o mene.

"Oćeš i sa njim da se karaš? Jel voliš da se jebeš?"

Ćutala sam. Nisam znala da li ga je ložila pomisao da ću se tucati sa Filipom, ili je bio ljubomoran. Pustio me je kad je video da ne odgovaram. Otišao je do vrata svog stana, odmerio me još jednom, a onda ušao unutra.

Pogledala sam se i popravila majcu i suknju, a onda pozvonila. Kad me je video, reagovao je isto kao i Darko. Zurio je u mene kao da nije mogao da veruje, kao da sam bila druga devojka. Nikad ranije me nije video u tom izdanju. Nikad se i nisam tako oblačila.

Zgrabio me je za ruku i odvukao u svoju sobu. Odmah me je doveo do kreveta. Nije ni sačekao da legnem. Tek sam sela, a on me je samo gurnuo ka zidu. Zadigao mi je suknju i odmah ušao. Izgledao je kao da mu se svidelo što sam tako vlažna. Mislio je da sam već napaljena zbog njega, nije znao da su to pomešani Darkovi i moji sokovi.

Nije imao vremena da me skida. Tucao me je tako obučenu, na ivici kreveta. Bio je oslonjen dlanovima na krevet, a stopala su mu i dalje bila na podu. Nije mi skinuo ni jaknu, samo je raširio. Sise su mi poskakivale u majci, do pola su već ispale dok se žudno nabadao. Zurio je u njih, a onda mi je skoro pocepao majcu kad je snažno povukao dole. Gledao je kako se njišu ispod njega, a onda ga je izvadio iz mene. Prskao mi je sise dok sam ja mirno gledala njegovo uzbuđeno lice.

Umorno je legao pored mene. Razmazivala sam spermu po sisama i osećala njegove poglede na sebi. Znala sam da planira da me još jebe. Ali imala sam druge planove. Dogovorila sam sa Milicom da mi pošalje poruku, da bih mogla da se iskradem kod Darka. Šaputala sam sa Filipom na krevetu i gledala kako se polako ponovo uzbuđuje. Nadala sam se da će poruka stići pre nego što opet bude spreman.

Kad mi je mobilni zapištao, brzo sam ga uzela u ruku. Pročitala sam poruku, "Kako ide draga? Nadam se da ovo stiže u pravom trenutku;)". Coknula sam jezikom.

”E, jebiga”

Filip me je pogledao radoznalo.

”Šta je bilo?”

”Ma Milica me zove nešto, trebam joj”

Već sam ustala sa kreveta. Filip je bio razočaran.

”Pa jel baš moraš da ideš?”

Smeškala sam se u sebi. Bilo mi je drago što mu unapred nedostajem, ali mi ga je isto tako bilo skoro žao.

”Moram. Ali ne brini, ali vraćam se brzo. Ni meni se ne ide, jedva čekam da se vratim”

Spustila sam suknju i odmah izašla iz stana. Pretrčala sam hodnik u brzo ušla u Darkov stan. Sedeo je go na krevetu, čekao me je. Držao je mobilni u ruci i spustio ga u stranu čim me je video.

Brzo sam mu prišla. U hodu sam zadigla suknju i opkoračila ga. Skinula sam jaknu dok sam sedala na njega. Osećala sam kako mi majca grebe tvrde bradavice. Njegovi dlanovi su me ponovo uhvatili za majcu, povukao je dole i ponovo oslobodio sise. Zgrabio ih je prstima i snažno stezao. Jahala sam ga uzbuđeno, sa dlanovima na njegovim čvstim grudima, sve dok nisam svršila na njemu.

Uspravio se u krevetu i ustali smo sa njega. Doveo me je do svog stola i savio ka njemu. Zadigao mi je suknju i pljesnuo po dupetu. Tiho sam jauknula, da bi video da mi se svidelo. Mislila sam da po običaju hoće da me jebe pored stola. Ali on je baš hteo da me guzi. Osetila sam njegove prste kako čeprkaju po hulahopkama iznad moje guze. Pokušavao je da ih pocepa. Stavila sam ruku preko njegove i on je odustao. Samo je malo podigao rupu na mojoj pički ka sebi i gurnuo ga unutra.

Dok sam se ljuljala ispred njega na stolu, razmišljala sam o tome koliko li je tipova tucalo Milicu u tim istim hulahopkama. I koliko je sperme završilo na njima. Uzdahnula sam. Uzbudila me sama pomisao na to koliko je orgazama doživljeno u njima. Koliko isprskanog semena na helankama koje sam osećala na sebi.

Podigla sam pogled. Darko me je sve snažnije nabijao na stolu, kao i prošli put. Setila sam se Marije. I ponovo pomislila kako bi trebalo da iskoristim Darka dok ona nije tu. Htela sam da probam da mu dam da me naguzi, iako i dalje nisam verovala da je to uopšte moguće. Ali uživala sam u pomisli na to.

Čekala sam da svrši, a onda sam kleknula ispred njega i pustila ga da mi ispuni usta spermom. Kad je završio, progutala sam i ustala. Nasmešila sam mu se, obukla jaknu i ponovo otišla kod Filipa. Nije me ništa pitao, znao je da moram.

"Šta je htela?", pitao je čim sam ušla u sobu.

Skoro da sam potpuno zaboravila, trebalo mi je par trenutaka da se setim na šta je mislio.

"Ništa važno, neke ženske stvari"

Otvorila sam njegovu fioku. Preturala sam po njoj, a onda sam izvadila tubu. Oduševio se kad sam mu pružila lubrikant. Ustao je sa kreveta i poljubio me. Već mi je zadizao suknju. Drkala sam mu kurac i osećala kako mi njegovi prsti snažno stežu dupe. On je voleo da me guzi na podu. Obično bih kleknula na sve četiri, i on bi se nabio u mene od pozadi.

Ali te večeri je bilo drugačije. Doveo me je do svog stola i okrenuo ka njemu. Ne znam da li je nekako osetio da sam se tako jebala sa Darkom, da mi to prija, ili je samo želeo neku promenu. Skinula sam jaknu i čekala. Odgovaralo mi je to. Mislila sam da će to biti dobra vežba za Darka.Onda kad se budem ohrabrila i dozvolila mu da me naguzi.

Filip je stajao iza mene. Podigla sam suknju još više i namestila se. Prelazio je dlanom preko moje guze, a onda prstima uhvatio hulahopke. Glasno sam ciknula od iznenađenja kad ih je jednim potezom pocepao. Nisam znala da voli da cepa stvari, dok mi Milica nije pričala dogodovštine sa njim. Bilo je uzbudljivo osetiti tu snažnu želju. Isprskane hulahopke su tad dobile novu rupu.

Prislonio mi je glavić na guzu i nekoliko puta polako njime protrljao otvor. Onda se odmaknuo. Sačekala sam da razmaže lubrikant po sebi, a onda osetila i nekoliko kapljica na sebi. Počeo je da ga gura odmah nakon toga. Nije mi bila potrebna neka posebna priprema za to. Već sam se bila navikla na njega. Čim je glavić skliznuo, i ostatak je ubrzo nestao u meni. Odmah je počeo da me guzi. Naslonila sam glavu na sto, trljala prstima pičku i uživala.

Onda se začulo zvono na mom mobilnom. Znala sam odmah ko je. Filip je uzeo telefon i pružio mi ga. Nisam se ni okretala ka njemu.

”Ko je?”

”Milica te zove”

Odmahnula sam rukom.

”Javi se ti”

”Halo? Tu je, da... Pa ono, ništa, pričamo. Mislim, sad trenutno nije tu...”

Videla sam da je zbunjen, ili mu se samo nije pričalo. Pružila sam ruku ka njemu.

”Daj mi je”

I dalje nisam dizala glavu sa stola. Uzela sam telefon i prislonila ga na obraz.

”Ćao Milice”

”E ćao. Pa ništa, samo sam htela da proverim, jel si mi ti beše rekla da pošaljem jedan sms ili dva?”

Pravila se blesava. Dobro je znala da sam rekla dva. Ali htela je da nas čuje.

”Pa evo, dobro smo. Čekaj malo, staviću te na zvučnik”

Kad je već zvala zbog toga, htela sam da joj pružim kompletno zadovoljstvo. Uključila sam zvučnik.

”Evo sad te oboje čujemo. Šta da ti odgovorim... Šta misliš da radimo? Ne igramo karte”

Nasmejale smo se.

”Jel vam nedostajem?”, čula sam iz zvučnika.

”Naravno. Mada mislim da Filipu više nedostaješ”

”Filip?”, mazila se iz telefona, ”Mmmmm... Jel ti nedostajem?”

”Uf Milice... Ti si ovde uvek dobrodošla. Rado si viđen gost i uvek nedostaješ”

Osetila sam kako je počeo brže da me guzi. Izgleda da je baš bio naložen na Milicu. Stezao mi je dupe snažno dok se nabijao.

”Šta radiš Milice, šta imaš na sebi sad?”

”Ležim u krevetu. Imam samo svoje gaćice. Vlažne su. I mislim na vas”

Čula sam ga kako je uzdahnuo. Njegov kurac je sve brže ulazio u mene. Učinilo mi se da čujem kako Milica brzo diše.

”Nego... A jel mogu ja sad da dođem do vas?”

Filip se sagnuo prema meni, videla sam kako je brzo klimao glavom dok me je gledao. Zatvorila sam oči.

”Ajd neki drugi put, ne večeras”

”Važi, nije frka. Idem, neću onda da vas zadržavam”

”Ej Milice!”

”Molim?”

”Jel si ti nešto htela?”

”Ah da, umalo da zaboravim. Znaš ono od ranije? Treba mi opet tvoja pomoć. Izvini”

”Aha. Pa dobro. Doći ću malo kasnije”

”Važi, ćao”

Filip se ćutke nabijao u mene. Mogla sam da se kladim da je zamišljao kako guzi Milicu, ili je barem maštao da je i ona tu. Nije mi smetalo. Prijao mi je njegov kurac i volela sam kad me guzi. Njegovi pokreti u meni su postali sve brži i kraći i ubrzo sam osetila toplu spermu kako me puni iznutra. Pomerao se kratko napred i nazad a onda ga nabio svom snagom i ostao tako dok je sva njegova tečnost iscurela u mene.

Kad je završio, uspravila sam se malo. Uhvatila sam ga za dupe i zadržala da ne izađe. Želela sam da ga još osetim u sebi. Pokušala sam da zapamtim taj osećaj kurca u sebi, i pitala se kako će izgledati kad me Filip bude guzio.

Okrenula sam se malo ka njemu i poljubila ga. Njegove ruke su mi milovale sise. Pustila sam mu dupe i sačekala da polako izađe iz mene. Pogledala sam njegov dugi kurac i uzdahnula. Ponovo sam se setila Darkovog, debelog ali kraćeg. Možda će sa njim biti zapravo lakše nego što sam mislila? Spustila sam suknju i krenula ka vratima.

”Dobro, idem sad do Milice, doći ću brzo”

Bila sam već u predsoblju kad sam čula Filipov glas.

”E, a jakna? Zaboravila si”

Nasmešila sam mu se kad sam se vratila.

”Dobro da si me podsetio”

Dok sam prelazila preko hodnika, osećala sam kako sperma curi iz mene. Polako se slivala niz butine ispod suknje. Prijao mi je osećaj te tople tečnosti na sebi.

A onda sam zastala ispred njegovih vrata. Na trenutak sam se osetila čudno. Pitala sam se da li je to što sam radila bilo normalno. Prvo mi je Darko isprskao ribicu, onda mi je Filipova sperma zalila sise, pa sam gutala spermu i na kraju dobila mlaz tople tečnosti u guzu. I sve to za manje od dva sata. I još mi nije bilo dosta.

Brzo sam ušla u sobu. Ćutke sam ga pogledala. Ponovo sam skinula jaknu i prišla stolu. Polako sam se nagnula na njemu, najzavodljivije što sam umela, okrenula dupe ka Darku i zadigla suknju. Videla sam kako se blago zadovoljno nasmešio dok mi je prilazio. Osećala sam kako mi njegovi dlanovi prelaze preko dupeta i zadrhtala. A onda je video hulahopke iscepane posred guze, i kapljice sperme kako se slivaju između njih.

”A, pa vi ste to imali žurku?”

Nisam znala da li će da odustane zbog toga.

”Jel ti to problem?”

”Baš nikakav”

Gledala sam ga dok uzima lubrikant, i duboko uzdahnula kad sam ga osetila na sebi. Mešao je tečnost sa Filipovom spermom i razmazivao sve po meni.

”Jel vam bilo dobro?”

Uzdahnula sam zadovoljno.

”Bilo je super. Filip je dobar jebač, da znaš. Volim da se guzim sa njim”

Darko je ćutao. Očigledno mu nimalo nije smetalo da uđe u mene posle drugog muškarca. Zadrhtala sam kad sam osetila njegov glavić na sebi. Trljao se po meni, pokušavajući da me pripremi. A onda ga je odjednom gurnuo u mene. Bez ikakve najave, samo se zabio u moje dupe. Nije ni pokušao da to uradi polako.

Videla sam zvezdice oko sebe dok sam duboko disala. Stajao je nepomično iza mene, pustio me je da se malo naviknem. A onda sam shvatila da je to samo glavić ušao. Glava mi je stajala na stolu, umorno sam priljubila obraz uz njega. Već sam planirala da mu kažem da odustajem. A onda je polako ponovo počeo da ga gura u mene. I da sam htela da ga tad zaustavim, ne verujem da bih uspela.

Nisam više ni bila svesna gde sam. Mislila sam da ću se onesvestiti. Raširila sam se koliko sam mogla da bih primila tu grdosiju. Htela sam da vrištim, ali znala sam da bi to Filip čuo. Samo sam mogla da glasno stenjem i jecam dok je klizio u meni. Osećala sam da mi suze kao potoci liju niz obraze. Izgledalo mi je kao da nema kraja.

”Darko jebote, kolika ti je kurčina”, zastenjala sam.

Zastao je.

”Jel ti dobro?”

Razmislila sam.

”Ufff... Dobro je. Nabij ga, gurni ga do kraja”

Nastavio je da ga gura a ja sam i uživala i mučila se s njim. Nekoliko puta sam pesnicom udarila u sto. Duboko sam uzdahnula kad sam konačno osetila da je čitav ušao u mene. Uživala sam u tome što sam konačno osetila njegova topla bedra na svom dupetu.

”Ahhhh... Sačekaj malo”

Nisam želela da se pomera, htela sam da se malo naviknem na njega. Uspravila sam se na laktove, potpuno mokrih obraza. Pokušala sam da ponovo stavim prste na pičku ali nisam imala snage za to. Osetila sam kako su mi njegovi dlanovi milovali sise. Gnječio ih je neko vreme, a onda mi je spustio majcu i ponovo ih zgrabio. Tek tad sam shvatila da se nikad nisam ovoliko jebala obučena. Obojica su me tucali po dva puta, i nijedan nije ni pokušao da me skine.

Suknja mi je bila podignuta oko struka. Osećala sam kako njegov vreli kurac pulsira u meni. Njegov topli stomak mi je dodirivao guzu i mogla sam da osetim njegova jaja na sebi. Kad sam se opustila, pogledala sam ga na kratko, a onda se ponovo ispružila na stolu. Opet sam počela da glasno stenjem čim je počeo da se pomera u meni.

Nije me ni malo štedeo. Nije razumeo da sam početnica. Guzio me je brzo, onoliko koliko je navikao. A navikao je da to bude sve brže i brže. Ponovo sam želela da masturbiram ali nisam mogla da se pomerim. Slušala sam ga kako je glasno stenjao iza mene. Jednom me je lupio po dupetu. Očigledno je jako uživao u tome što me konačno guzi.

A onda, potpuno neočekivano, osetila sam kao da mi se odjednom piški. Sledećeg trenutka osetila sam navalu energije. Bol je potpuno prestala, i postojalo je samo uživanje. Na trenutak mi se činilo da lebdim. Počela sam da svršavam, ali potpuno drugačije nego inače. Kao je je orgazam dolazio iz pičke i guze istovremeno. Činilo mi se kao da čitava bedra doživljavaju orgazam. Svi talasi uživanja dolazili su odande.

Tresla sam se zatvorenih očiju na stolu, potpuno iznenađena neočekivanim osećajem. Nisam ni znala da je to bilo moguće. On nije prekidao da me guzi. Ne znam da li je bio svestan onoga što sam osećala. Nabijao se još brže u mene, za svo vreme dok sam svršavala. I dalje sam drhtala dok je izlivao svoju spermu u mene, orgazam mi je trajao i dugo nakon što se njegov završio.

Nisam želela da izađe iz mene. Želela sam da ostanemo tako satima. Prijalo mi je da ga osetim u sebi. Uživala sam da budem toliko napunjena, sa takvom kurčinom u sebi. Ali morala sam da odem. Darko ga je izvadio i ja sam polako ustala. Nisam bila sigurna da ću uopšte moći da stojim na nogama. Pogledala sam ga, stavila mu ruke oko vrata i zahvalno ga poljubila. Nikad nisam ni slutila da je moguće da tako svršim.

Ljubili smo se dugo. Kad sam spustila ruke odmaknuo se od mene. Znao je da moram da idem. Uzela sam maramice i obrisala spermu sa sebe.

Filip je u dnevnoj sobi gledao televiziju. Čim sam ušla okrenuo se ka meni začuđeno.

"Gde ti je jakna?"

Ah, jebiga. Ko će na sve da misli...

"Ma, zaboravila sam je kod Milice. Nema veze, uzeću je sutra"

"Jel ti nije bilo hladno?"

"Ma jok"

Sela sam na krevet pored njega. Opet me je pogledao sa čuđenjem.

"Jel si ti to plakala?"

"Vetar duva napolju, možda zato"

Potpuno sam se opustila dok sam sedela pored njega i zurila u televiziju. Osećala sam se dobro izjebana, i već sam bila umorna. Ali prethodno sam već odlučila da će to veče biti maraton. Želela sam da osetim kako to izgleda jebati se celu noć. Da iskoristim dok je Darko još bio slobodan.

Ispružila sam ruku i uhvatila Filipa za kurac. Ništa nije rekao, i dalje je mirno gledao u ekran. Osećala sam kako mu kurac raste među mojim prstima. Zadigla sam suknju i stavila dlan između nogu. Prelazila sam prstima preko usmina dok sam mu polako drkala. Oboje smo gledali u televiziju dok sam to radila, mada nemam pojma šta sam gledala.

Kad sam počele reklame okrenuo se prema meni. Ustala sam i kleknula između njegovih kolena. Stavio je dlan na moju glavu dok sam mu pušila. Slušala sam kako diše sve brže. Kad se uspravio na krevetu, izvadila sam kurac iz usta i upitno ga pogledala. Samo me je okrenuo na podu. Zadigao mi je suknju dok sam se naguzila ka njemu.

Kad sam shvatila da hoće ponovo da mi ga nabije u guzu, promešala sam bedrima. Nije mi padalo na pamet da ga pustim tamo posle Darka. Bilo je previše savršeno da bih to kvarila. Uzela sam mu kurac u ruku i postavila ga ispred pičke.

Spustila sam glavu na pod dok me je jebao. Reklame su se završile i mislim da je ponovo gledao televiziju. Udarao me je jednoličnim ritmom od pozadi još neko vreme, a onda je valjda shvatio da tako neće svršiti. Uhvatio me je za ruku i poveo u sobu. Kad sam legla na leđa, legao je preko mene. Izvadila sam sise iz majce i stezala bradavice dok me je jebao. Gurao ga je celog u mene, i ubrzo sam se ponovo napalila. Ali, nije mu dugo trebalo. Izvukao ga je, isprskao me i odmah zatim legao pored mene.

Malo smo pričali posle toga. Ali sperma na meni se nije ni osušila, a on je već bio zaspao. Ležala sam u tišini u mraku njegove sobe, i slušala novobeogradske zvuke sa ulice. Još uvek sam bila obučena, ista onakva kakva sam stigla kod njih. Razmazivala sam njegovu spermu po stomaku, dok sam drugom rukom prelazila između usmina. Mislila sam da sama svršim još jednom, tu pored njega, i da onda legnem da spavam. Ali ubrzo sam shvatila da neću izdržati.

Polako sam ustala, da ga ne probudim, i izašla iz stana. Darko je već zaključao svoja vrata, morala sam da mu pozvonim. Otvorio ih je sanjivog pogleda, bilo je očigledno da sam ga probudila. Raširila sam usne, trudila sam se da izgledam što radosnije.

”Jel spavaš?”

”Ma jok. Ajde”

Uveo me je u sobu i legao na krevet. Nije izgledao kao da je raspoložen za novo jebanje.

”Šta ti radiš?”

”Pa ono, ništa. Ne bih ja nego... Jebiga, trebaš mi”

Ćutke me je gledao kako ležem pored njegovih nogu. Posmatrala sam ga u oči dok sam mu spuštala bokserice niže. Uzela sam kurac u ruku i počela da ga drkam. Bio je mekan i spušten, ali sam ga svejedno uzela između usana. Ubrzo je počeo da se širi, brzo mi je ispunjavao usta. Ponovo sam morala da ih širom otvorim da bih mogla da ga primim. Darko se podigao na lakat, milovao mi je kosu i gledao dok mu pušim.

Kad sam osetila da se dovoljno napalio, pridigla sam se. Zadigla sam suknju i opkoračila ga. Stavio je dlanove preko mojih butina dok sam ga jahala. Jednom rukom sam izvadila sisu iz majce i stezala je dok sam ga gledala, a drugom brzo trljala klitoris. Nije mi dugo trebalo. Telo mi se zaustavilo kad je počeo orgazam. Nabila sam se na njega do kraja i tako ostala. Zabacila sam glavu unazad i stenjala ne prekidajući trljanje. Savila sam se ka njemu dok mi se telo treslo. Njegove ruke su me i dalje milovale. Onda sam uzdahnula još jednom i legla preko njega.

Glava mi je bila pored njegove nekoliko trenutaka. Onda sam shvatila da moram da ustanem. Izvadila sam kurac iz sebe, skočila sa kreveta i krenula ka vratima. Čula sam ga iza sebe.

”Gde si ti pošla?”

”Idem, da se Filip ne probudi. I ti ćeš da spavaš, jel da?”

”Vrati se ovamo”

Nasmešila sam se u mraku i krenula nazad ka krevetu. Čim sam legla popeo se na mene.

”Šta si mislila, da dođeš da me napališ i tek tako odeš?”

Izjebao me je još jedanput na tom krevetu. Postavio me je bočno ispred njega, stavio jastuk ispod mojih kukova i kleknuo ispred mene. Podigla sam nogu visoko, i oslonila je na njegovo rame. Držao me je jednom rukom za članak noge a drugom za butinu dok me je brzo jebao. Posmatrali smo jedno drugog u polumraku. Zadigla sam majcu i pustila ga da uživa u pogledu na sise koje su skakutale dok me je tako jebao.

Kad ga je izvadio uhvatio me je za vrat i brzo povukao ka sebi. Drkao je dok sam mu prilazila, a onda se izlio na moje lice. Uživala sam zatvorenih očiju dok su me novi talasi sperme prskali po obrazima.

Bila sam zadovoljna što sam ponovo dobila sam novo zasluženo sledovanje sperme. Odmah je legao pored mene, i to je poslednje čega se sećam pre nego što sam zaspala.

Probudila sam se sat ili dva kasnije. Suknja mi je i dalje bila zadignuta a sisa virila iz majce. Osetila sam spermu koja se stvrdnula na mom licu i setila se prskanja. Darko je spavao pored mene. Brzo sam skočila na noge. Istrčala sam iz stana i nadala se da Filip i dalje spava. Poželela sam da je bio malo manje ljubomoran. Sve bi bilo drugačije.

Spavao je u svom krevetu. Nije ni primetio da sam izašla. Po prvi put sam se skinula te večeri. Legla sam pored njega i umorna odmah zaspala.

Sanjala sam da me je Filip tucao. Bila sam na njegovom krevetu, nagužena na sve četiri, a on je ulazio u mene od pozadi. Sa osmehom sam počela da se budim.

Još u polusnu, shvatila sam da to nije bio potpuno san. Ležala sam na stomaku, gaćice su mi bile svučene do pola butina, a on je ležao između mojih raširenih nogu. Njegov dugačak kurac je polako ulazio u mene. Otvorila sam oči na kratko, a onda ih ponovo zatvorila. Još uvek sam bila sanjiva, ali sam uživala dok sam ga osećala u sebi. Činilo mi se da još lebdim u nekom lepom snu.

Pažljivo mi ga je nabio do kraja, a onda je polako počeo da me jebe. Nije me dodirivao, oslonio se na dlanove i bio visoko iznad mene. Bio je tih, jedva da sam mogla da čujem njegovo ubrzano disanje. Mislio je da spavam. Nisam znala da li ga loži da budem budna ili ne. Nikad ranije me nije tako tucao. Odlučila da ne pokažem da sam budna. Meni je bilo lepše da tako uživam, a izgleda i njemu.

Osetila sam toplotu njegovog tela kad mi se približio. I dalje je bio oslonjen na ruke dok mi je nežno ljubio gola leđa. Ubrzo više nije mogao da izdrži da bude pažljiv. Nabijao se snažno u mene, osećala sam kako kurac sve brže ulazi u mene. Već je glasno dahtao iza mojih leđa.

Sokovi iz moje pičke su krenuli. Prijalo mi je to što sam bila pospana, i što nisam morala da radim ništa dok me jebao. Samo sam i dalje mirno ležala i ćutke uživala u primanju njegovog dugačkog kurca. Krevet se ljuljao pod nama, i osećala sam se kao na talasima. Na trenutke mi je ponovo izgledalo kao da lebdim dok me je jebao.

Izvadio ga je iz mene i prislonio ga na moje dupe. Brzo se trljao o njega. Ubrzo sam osetila vrelu spermu na sebi. Izlivao se između mojih guzova. Sačekala sam da završi, a onda sam otvorila oči. Podigla sam glavu i okrenula se ka njemu. Izgledao je iznenađen kad sam mu se nasmešila.

”Dobro jutro”

Posmatrao me je nekoliko trenutaka ćutke, kao da se pitao kad sam se probudila.

”Uf, jeste dobro”

Deset minuta kasnije, sedeli smo u dnevnoj sobi i pili kafu. Malo smo pričali i gledali jutarnji program. On je morao da ide na posao, ali mi je predložio da ostanem u stanu i odspavam još. Razmislila sam. Tako bih mogla i da se istuširam, možda i da odem do Milice kasnije. Ali odustala sam od toga. Nisam volela da spavam kod njega, tako mi je uvek izgledalo kao da smo u pravoj vezi. A nisam želela da se tako osećam.

Zbog toga sam planirala da sednem u taksi, istuširam se kući i možda odspavam još malo.

Kad smo popili kafu, zajedno smo krenuli napolje. Dok je zaključavao vrata, čula sam kako se vrata sa suprotne strane otključavaju. Darko je izlazio napolje. Nisam bila sigurna da li je to slučajan susret, ali sam iz iskustva pretpostavila da nije.

Njih dvojica su se radosno pozdravili i rukovali. Moja dvojica jebača. Pitala sam se da li bi Filip bio tako radostan da je znao da me je i Darko sinoć izjebao isto onoliko koliko i on.

Slušala sam ih kako razdragano pričaju i ćutala pored njih. Znala sam da su obojica srećni posle noći pune dobrog seksa. Kad smo ušli u lift, bilo mi je žao što nisam svršila tog jutra pored Filipa. Tako bih bila mirnija. Ovako, osetila sam kako se ponovo napaljujem pored njih dvojice. Nisam to očekivala, bila sam baš umorna od svega što se dešavalo prethodnu noć.

To što sam stajala između njih i slušala ih dok pričaju je uticalo na mene. Osećala sam ih obojicu. I njihovu muževnost, i mušku snagu, i zadovoljstvo zbog toga što me tucaju, i želju da me i dalje jebu. Osetila sam kako počinjem ubrzano da dišem. Poželela sam da zaustavim lift i da ih obojicu uhvatim za kurac. Htela sam da me obojica izjebu tu. Osetila sam kako počinjem da se znojim od takvih misli. Jedva sam čekala da stignemo u prizemlje.

Izašli smo iz zgrade. Momci su još nešto kratko pričali, a onda je Filip rekao da žuri. Ponovo su se rukovali, poljubio me je i otišao ka kolima. Mi smo kao krenuli na drugu stranu. Darko me je pogledao čim je Filip okrenuo leđa.

"Zaboravila si jaknu"

"Znam"

"Ajd da ti je dam"

"Ajd"

Nisam uopšte oklevala. Ponovo smo ušli u zgradu. Oboma nam je bilo jasno da nema ništa od jakne. Kad smo ušli u lift, pritisnuo je dugme za podrum. Očekivala sam da me vodi u stan, ali mi je zapravo bilo svejedno. Samo sam htela da svršim što pre, pa da idem kući.

Čim smo izašli iz hodnika priljubio me je uza zid. Poljubio me je i zadigao mi suknju. Stenjala sam dok su mi njegovi prsti prebirali po pički. Onda me je okrenuo ka zidu. Oslonila sam se dlanovima na njega i naguzila mu se. Trudila sam se da budem tiha dok je ulazio u mene. Već sam ga puno lakše primala u sebe. Nije ni ušao do kraja a već je počeo da me jebe. Sa svakim novim ubodom zabijao mi ga je sve dublje.

Tucali smo se tu i ranije, ali nikad preko dana, i nikad u to vreme. Čuli smo kako lift radi bez prekida, i kako se vrata otvaraju na spratu iznad nas. Tiho smo se jebali dok smo slušali korake i glasove komšija. Strepela sam da neko ne dođe i ne vidi nas. Iako sam znala sam da ljudi idu na posao, i da nema šanse da neko ujutru siđe u podrum. Ali istovremeno, ložilo me je to da čujem miran razgovor ljudi u blizini. Ložilo me je to što se jebem pored njih, dok nemaju pojma šta se dešava u njihovoj blizini. I ne bih se bunila da neko i siđe u podrum i zatekne nas dok se jebemo.

Svršila sam brzo. Bila sam dovoljno napaljena i bez takvih misli. Spustila sam glavu i zatvorila oči dok sam osećala kako me orgazam trese. Ugrizla sam se za usnu i trudila da budem tiha. Darku je trebalo više vremena. Nisam znala odakle mu snaga za to. Jedva sam mogla da stojim na nogama, a on mi je snažno stezao sise i brzo me udarao od pozadi. Oslonila sam glavu na zid i čekala da svrši.

Izvadio ga je i okrenuo me ka sebi. Pogledala sam ga u oči. Kleknula sam kad sam shvatila da je to hteo. Nabio mi je svoj veliki glavić u usta i drkao ga. Provlačio je dlan kroz moju kosu dok mi je spermom punio usta. Progutala sam sve i polizala mu glavić. Uzdahnula sam kad sam ustala. Maraton je bio završen. Konačno sam mogla da odem kući.

Istuširala sam se i odmah legla u krevet. Prespavala sam pola dana. Kad je došlo predveče, nije mi padalo na pamet da ih zovem. Bilo mi je dosta. Ni oni me nisu zvali. Darko mi je poslao kratku poruku, kao, bilo je super sinoć. Jedino sam se sa Milicom čula. Rekla sam joj samo da je bilo dobro, i da je ono naše uspelo. Obećala sam da ću joj detalje ispričati sutra, nisam bila raspoložena za priču o tome telefonom. Veče sam provela u krevetu, uz televizor.

Sutradan sam bila kao nova. Javila sam se Milici da ću doći, i momcima poslala poruku – "Dolazim danas, čekaj me". Obojici isti tekst, da ne smišljam dvaput. Dan sam provela u učenju, i čekanju na predveče.

Kod Milice sam ušla u svojoj standardnoj garderobi. Farmerke, široka majca i patike. Čim me je videla uhvatila se za glavu.

"Bre Ana, gde si pošla tako?"

Uzela me je za ruku i povukla unutra.

Uz kafu sam joj ispričala sve što se dešavalo. Kako sam uz njenu pomoć trčala od jednog do drugog, šta su mi sve radili, i kako sam dobila i više nego što sam planirala. Slušala me je zapanjeno i povremeno se smejala. Izgledala je kao da joj se dopalo.

"I, šta ćeš danas?", pitala je kad sam završila.

Uzdahnula sam i slegla ramenima.

"Uf... Nemam pojma"

"Hoćeš da ti ponovo šaljem poruke?"

"Ne, ne bih mogla ponovo ono. Bilo mi je dovoljno, možda neki drugi put. Treba da se odmorim malo od toga"

Klimnula je glavom. Gledala me je nekoliko trenutaka, a onda se okrenula ka ormanu.

"Još samo da vidimo šta ćeš da obučeš"

Ponovo smo probale njene stvarčice, i zezale se sve vreme. Sat vremena kasnije, gledala sam se u ogledalu i odlučno odmahivala glavom.

"Ma, nema šanse"

Milica je stajala iza mene. Držala me je za ramena i klimala glavom. "Da, da, ovo ćeš da obučeš. Super ti stoji"

Nisam mogla da se prepoznam dok sam se gledala. Stajala sam na visokim štiklama. Ispod sam imala crvene gaćice, preko njih crni halter koji je žabicama povezivao čarape. One su bile posebna priča. Izgledalo je kao da su iscepane, iako nisu, sa brojnim lažnim rupama na sebi. Pored toga, crni najlon je bio napravlje tako da je izgledao kao isprskan nečim belim, znači spermom. Ličilo je kao da su deset crnaca čitav dan svršavali po meni. Preko toga imala sam ultra kratku kožnu mini suknju, ispod kojih se videla gola koža mojih butina preko kojih su išle trakice haltera. Gore sam nosila crno-ljubičasti korset a oko vrata crni čipkani čoker.

I dalje sam vrtela glavom. Zapravo sam se femkala pred njom. U stvari sam bila oduševljena kako sam izgledala. Ali nisam se usuđivala da tako izađem na ulicu. Mislila sam kako će svi pretpostaviti da sam prostitutka, i mogla sam da se kladim da će me neko usput silovati, i pre nego što pređem ulicu.

Pristala sam tek kad je obećala da će me ispratiti do njihove zgrade. Ostavila sam naočare kod nje, i zajedno smo izašle na ulicu. Duboko sam udahnula kad sam napravila prvi korak. Nije bilo baš da su me jurili po ulici, ali imala sam utisak da svi zure u mene. Nekoliko tipova je zviždalo za mnom, a dobila sam i par komentara – "Jel si to u pozorište tako pošla?", "Jel može za dva'es' evra?", "Slušo sam tvoj novi album, jel može autogram?"...

U sebi se smejala njihovim komentarima. Ne bi mi bilo smešno da sam bila sama, ali osećala sam se sigurnom pored Milice. Skoro da sam poželela da put duže traje, da bih čula još neku provalu od njih. Milicu je bila ribetina, ali tad je niko nije ni primetio pored mene. Činilo mi se da samo mene proždiru pogledom. Pitala sam se šta bi mi radili samo kad bi im bilo dozvoljeno. Naložili su me svi ti pogledi i komentari. Jedva sam čekala da stignem do svojih momaka.

Zastali smo na ulazu u zgradu. Milica me je još jednom zadovoljno pogledala i nasmešila mi se.

"Izgledaš super. Lepo se provedi"

Nisam ostala da gledam za njom, brzo sam ušla u zgradu. Tek kad su se vrata lifta otvorila preda mnom, shvatila sam da ne znam gde hoću da prvo odem. Želela sam ih obojicu podjednako. Razmišljala sam u liftu, ali ništa nisam odlučila dok se vrata nisu otvorila. Izašla sam u hodnik. Samoj sebi sam izgledala smešno. Levo je bio Darko, a desno Filip. Nepomično sam stajala u hodniku između njihovih vrata. Bilo je potpuno svejedno gde ću prvo otići, jer sam svakako mislila da vidim obojicu. A opet, stajala sam potpuno neodlučna ispred lifta. Kao da mi je bilo važno ko će me prvo takvu videti.

Onda sam se setila da Marija uskoro dolazi, i da Darko neće još dugo biti slobodan. Uzdahnula sam, došla do njegovih vrata i pozvonila. Otvorio me je i pogledao. Očekivala sam neku reakciju, bilo kakvu. Ali nije promenio izraz lica. Pogled mu je brzo preleteo do Filipovih vrata, a onda me je uhvatio za zglob ruke i uvukao unutra.

Pustio mi je ruku tek kad smo ušli u njegovu sobu. Kad me je pogledao, shvatila sam da nije reagovao jer je bio potpuno zapanjen. Kao da iskreno nije mogao da veruje da sam to ja. Gledao me je od glave do pete, kao da sam muzejski eksponat koga prvi put vidi.

Osećala sam kako mu uzbuđenje raste, i napalilo me je kad sam osetila njegovu želju. Ponovo me je uhvatio za ruku, okrenuo me jednom polako, pa onda još jednom. Zaustavio me je ispred sebe, pogledao u oči, a onda ponovo odmerio celu. Njegov dlan je prešao preko mog tela, zastao je na sisama i lagano prelazio preko njih. Onda me je obišao polako, odmeravajući me sa svih strana. Njegova ruka mi je prešla preko dupeta dok je hodao, pomilovao ga je i nežno stegnuo. Ponovo je stao ispred mene. Nije me ni gledao u oči.

"Jebote Ana, kako si dobra pička"

Izvadio je kurac i drkao ga ispred mene. Izgledao je kao da se pita kako da me jebe, a da ne pokvari izgled koji mu se sviđao. Napaljeno je prelazio dlanom preko kurca dok mu je druga ruka bila na mom struku. Osetila sam se čudno usamljenom pred njim. Stavila sam ruke oko njegovog vrata.

"Jebi me Darko"

Napravila sam korak unazad i naslonila se na sto. Prenuo se i pogledao me. Izgledalo je kao da je tek tad došao sebi. Poljubio me je i zadigao mi suknju. Zastenjala sam kad je sklonio gaćice sa pičke u stranu.

"Jebi me Darko", ponovila sam.

Nabio ga je snažno u mene. Tucao me je dok sam mu držala ruke oko vrata. Onda me je podigao na sto. Legla sam ispred njega. Pružio je ruke ka korsetu, povukao korpice na dole i lako izvukao sise iz njega. Čim sam osetila njegove dlanove na sebi, počela sam da svršavam. Stezao mi je sise jako, skoro da je bolelo koliko ih je gnječio. Tek kad je orgazam prošao, čula sam kako sto pod nama lupa. Udarao je u zid tako glasno kao nikad ranije. Gledala sam ga dok me je tucao, nikad ga nisam videla toliko napaljenog.

Brzo je svršio. Kleknula sam čim ga je izvadio iz mene. Želela sam da ga uzmem u usta, nisam htela da Filip vidi spermu na odeći. Obuhvatila sam glavić usnama, ali Darko me je uhvatio za kosu i povukao mi glavu unazad. Gledao me je u oči dok mi je drkao ispred lica. Nije bilo šanse da ga zaustavim. Svršavao mi je na crvene usne i prskao po obrazima. Nije skidao pogled sa mene dok je sperma jurila iz njega.

Kad je završio, glavićem je razmazivao ostatke tečnosti po mojim usnama. Zurio je u mene zadivljeno. Izgledao je kao da bi to moglo satima da traje.

Držala sam dlan ispod brade dok me je prskao. Približila sam lice glaviću i nadala se da nijedna kap neće skliznuti ne odeću. Dok mi je kurcem mazio usne, osetila sam kako kapljice sperme cure sa brade i slivaju u moj otvoreni dlan. Na vreme sam se setila. Poljubila sam mu kurac. Tek tad je sklonio dlanove sa mene. Ustala sam i pred njim polako polizala dlan i prste. Gledao me je u oči. Izgledao je kao da je odmah bio spreman za nastavak. Ali ja sam imala druge obaveze. Okrenula sam se ka vratima.

"Moram da idem"

Oblizala sam usne još jednom i dlanovima na brzinu obrisala spermu sa obraza. Spustila sam suknju, navukla korpice preko sisa i krenula ka vratima. Stigao me je u predsoblju. Uhvatio me je od nazad i prislonio uza zid. Brzo mi je zadigao suknju. Njegove ruke su mi ponovo grabile sise dok je pritiskao kurac uz mene. Trljao se o moje gaćice neko vreme, a onda me je okrenuo ka sebi. Ponovo me je odmerio napaljenim pogledom.

"Kakva si pičketina Ana"

Sklonio mi je gaćice u stranu i pripremao se da ga ponovo nabije. Ali zaustavila sam ga. Slušala sam ga kako duboko diše dok je držao glavić ispred mojih usmina. Koliko god da sam ga i ja želela, znala sam da me je Filip već čekao. Darko je konačno klimnuo glavom i sklonio se. Namestila sam gaćice, spustila suknju i otvorila vrata iza sebe. Osećala sam kako mi se malo vrti u glavi od želje. Pomilovao me je po dupetu dok sam se okretala ka hodniku.

"Dođi kasnije"

Nisam stigla da mu odgovorim. Čim sam se okrenula, videla sam Filipa. Stajao je ispred svojih vrata i zurio u nas. Nikad ranije nisam videla da neko može da bude toliko iznenađen. Stajao je otvorenih usta, kao voštana figura, nije mogao da se pomeri od iznenađenja. Možda sam i ja ličila na njega. Zurila sam u njega, nepomična i zaustavljena u pola koraka.

Nisam ništa osećala. Nije me bio stid, nisam imala grižu savesti ili kajanje... Samo sam se pitala šta će on da uradi. Nisam mogla ništa da kažem, sve i da sam imala šta. Šta sam i mogla da kažem? Nije onako kako izgleda? Bilo je tačno onako kako je izgledalo. Oboje smo bili zajapureni i crveni u licu, a Darko je na sebi imao samo bokserice, i u njima vidljivo dignuti kurac.

Filip se konačno pomerio. Sklonio je pogled sa nas i otključao svoja vrata.

"Pa baš lepo od vas"

Zatvorio je vrata iza sebe. Pogledala sam Darka, a onda potrčala za njim. Bio je u dnevnoj sobi. Uključio je televiziju i pravio se da je sve u redu. Sela sam na fotelju. Skupila sam kolena i stavila dlanove preko njih. Spustila sam glavu i smišljala šta da kažem. Minuti su prolazili dok smo ćutali, jedino se zvuk iz televizora čuo. Polako sam podigla glavu. Progovorila sam najpomirljivijim glasom kojim sam mogla.

"Jebiga Filip, i sam znaš da mi nismo u nekoj velikoj ljubavi"

Pogledao me je raširenih očiju, kao ništa se ne dešava.

"Ne, ne, sve je okej. Misliš ono od malopre? Ma nema veze, kapiram"

"Nije okej, trebalo je da ti kažem. Samo nisam znala kako"

Ponovo se zabuljio u televizor. Nervozno je lupkao stopalom o pod i ćutao. I ponovo minuti kao večnost. Onda se konačno okrenuo prema meni.

"Reci mi samo jedno. Jel si uopšte mislila da dođeš kod mene, ili se ovako oblačiš samo za njega?"

"Krenula sam kod tebe. Video si me da izlazim"

"Video. Samo ne znam gde si krenula. Ko zna, možda si krenula kod nekog trećeg"

"E jebiga sad"

"Ne stvarno, obukla si se kao kurva i očekuješ da ti verujem. Možda si zaređala kod svih koje poznaješ"

"Znaš da nisam takva"

"Više ne znam ništa, očigledno. Jel ti bar bilo dobro sa Darkom?"

Nisam znala šta da mu kažem.

"Bilo je drugačije"

Ustala sam i polako mu prišla. Sela sam pored njega na krevet.

"Što si takav, znaš da nismo momak i devojka, i znaš da mi se sviđa da budem sa tobom"

Ispružila sam ruku ka njemu i polako ga uhvatila za kurac.

”Sviđa mi se sve na tebi”

Sklonio mi je ruku i ustao.

”Očigledno ne samo na meni”

Ustala sam i stala pored njega. Brzo je disao i stvarno je bio ljut. Gledao je ispred sebe.

”I vidi kako si se obukla, šta je to?”

”Jel ti se sviđa?”

”Jel ti to on rekao da se tako obučeš? I ono od pre dva dana, sad tek vidim... Za koga si se tako obukla?”

Sve je već počelo da me malo nervira. Nisam morala da mu se pravdam.

”Za obojicu”

Ćutao je nekoliko trenutaka, a onda se okrenuo ka meni.

”I koliko dugo to sve traje? Ovo nije prvi put?”

”Traje već... neko vreme”

”I ko je koga smuvao?”

”Nije važno. Smuvali smo se”

”Kako to, ti si došla kod njega u stan i tek tako, smuvali ste se?”

”Smuvali smo se u zgradi”

”U zgradi?”

Klimnula sam glavom. Razmislila sam na trenutak, a onda nastavila.

”Da. U podrumu”

”Tucala si se u podrumu? Ovde u zgradi?”

”Da, jebao me je u podrumu i baš je bilo dobro”

”A zato si htela da me vodiš u podrum? Svidelo ti se kako ti je bilo s njim, pa ti je nedostajalo?”

Onda sam se setila Milice, i umalo se nasmejala od zadovoljstva što imam adut.

”Što ti tako sad mirališeš koji kurac? Ti si tucao moju najbolju prijateljicu, i to preda mnom! Šta misliš, kako je meni bilo da gledam to?”

Savio je glavu, kao krivac. Ćutao je tako nekoliko trenutaka. A onda se setio da odgovori.

”Pa što si mi je dovela ako ti je smetalo?”

”Videla sam kako balaviš na Mariju, a nisi imao muda da je izjebeš! Pa sam ti dovela Milicu na tacni, da te mine želja”

Ponovo je spustio glavu. Poželela sam da mu ponovo priđem, kad je podigao glavu i pogledao me. Uhvatio me je za ruku i grubo povukao ka vratima. Skoro sam trčala za njim.

”Gde idemo?”

Izjurio je iz stana dok me je vukao za sobom. Prešli smo hodnik pa je pozvonio na Darkova vrata. Još uvek je bio u boksericama kad ih je otvorio.

”O komšija, gde si? Ajde upadajte”

Bio je skroz opušten. Filip je besno prošao pored njega, i vukao me za sobom u stan. Stigli smo do njegove sobe. Čuli smo njegov opušteni glas iza leđa.

”Oćete kafu, neki sok?”

Filip me je okrenuo i gurnuo ka Darku.

”Oću da vidim kako se jebete”

Pogledala sam ga zapanjeno.

”Daj jebote Filip, koji ti je?”

”Što? Sama si pomenula Milicu. Ako si ti morala da gledaš nas, što ja ne bih gledao kako se ti jebeš?”

Darko je stajao pored nas. Češkao je potiljak neko vreme, a onda je podigao glavu. Pogledao je Filipa.

”Jel ste vas dvoje par? Momak i devojka?”

Filip je odmahnuo glavom.

”Znaš da nismo”

Darko je slegnuo ramenima.

”U čemu je onda problem, što se ljutiš?”

Pružio je ruku ka meni.

”Dođi”

Zagrlio me je i poljubio čim sam prišla. Nadala sam se samo da se Filip neće onesvestiti što je to video. Ponovo smo se oboje okrenuli ka njemu. Samo je ćutke zurio u nas. Darko je bez blama odmah spustio bokserice i uzeo kurac u ruku. Zadigao mi je suknju i milovao kurcem po bedrima i butinama dok smo se ljubili.

Osetila sam kako postajem vlažna od toga. Sklonila sam gaćice u stranu i pustila ga da mi glavićem miluje usmine. Onda me je gurnuo na krevet i legao preko mene. Odjednom mi je postalo svejedno šta Filip misli. Želela sam da se ne ljuti, ali nisam više htela da se trudim oko toga šta on misli. Uzela sam Darkov kurac u ruku, protrljala njime pičku nekoliko puta i sama ga gurnula u sebe.

Odmah je počeo da me jebe. Izgledalo je kao da ni on više ne obraća pažnju na Filipa. Jebali smo se kao i uvek, kao da smo sami u sobi. Stavila sam ruke oko njegovog vrata i prepustila se uživanju dok je ulazio u mene. Ali ipak sam bila svesna da nas Filip posmatra. I napalilo me je to. Stenjala sam ispod Darka, sve hrabrije i glasnije. Namerno, radila sam to zbog Filipa.

Okrenula sam glavu ka njemu i posmatrala ga dok me je Darko jebao. Videla sam kako mu je kurac dignut, i kako bi me najradije odmah izjebao, samo kad bi zaboravio svoj glupavi ponos. Nekoliko puta sam ga pozvala prstom, ali nije se pomerao. I dalje je samo ćutke, napaljeno i dignutog kurca, posmatrao kako me njegov komšija jebe. Nije ga čak ni drkao.

Prepustila sam se Darku potpuno onda kad sam shvatila da od Filipa neće biti koristi. Okrenula sam glavu ka njemu i gledala njegovo lepo oznojano lice dok se tresao iznd mene. Stavila sam dlanove preko njegovih bicepsa i uživala. Ubrzo sam počela da svršavam. Zatvorila sam oči i glasno stenjala. Uzdisala sam i više nego obično, zbog Filipa. Želela sam da se opusti.

Usred svršavanja osetila sam kako Darkov kurac izlazi iz mene. Otvorila sam oči. Filip je stajao iza njega i gurao ga rukom u stranu.

”E, sad je dosta”

Držao je svoj dugačak dignuti kurac u ruci i izgledao kao da jedva čeka da mi ga nabije. Darko se sklonio i on je legao na mene. Trljala sam pičku brzo. I dalje sam svršavala zbog jednog muškarca dok je drugi već ulazio u mene.

Jebao me je divlje, kao nikad do tad. Imala sam osećaj da mi se orgazam produžio zbog njegovog besa i energije koju sam osetila. Činilo mi se da me nikad nije tako želeo, samo zbog toga što je bio ljut i ljubomoran. Njegove ruke su mi bile na sisama. Prstima ih je divlje stezao, a onda je zgrabio korpice i povukao ih na dole. Sise su se otkrile pred njima i on ih je ponovo uzeo u dlanove.

Darko se popeo pored nas na krevet. Videla sam njegov kurac iznad svog lica. Pridigla sam se i liznula mu jaja. Stavila sam dlan na njegovu butinu i još više se podigla ka njemu. Drkao je pored mog lica i posmatrao me kako ih ližem. Drugom rukom mi je prolazio kroz kosu.

Spustio je kurac niže i gurnuo mi ga u usta. Pušila sam mu i glasno mumlala od zadovoljstva. Osećala sam kako me Filip zbog toga još brže jebe. Mogao je iz blizine da vidi kako napaljeno pušim drugi kurac. Sigurno je ključao od ljubomore. Bedrima me je snažno udarao. Njegov kurac nikad dublje nije ulazio u mene. Skoro da je bolelo koliko me je ispunio. Glasno sam stenjala sa kurcem u ustima. Osećala sam se kao da bih mogla odmah ponovo da svršim. Dva kurca mojih momaka su konačno ulazili istovremeno u mene.

I svršili su skoro u isto vreme. Prvo je Darko počeo da mi puni usta spermom. Uhvatila sam mu kurac rukom i drkala mu dok sam gutala tečnost. Filip je počeo da svršava kad je to video. Nije ga vadio, namerno. Svršio je u mene. To je valjda bio njegov način da mi se osveti. Ali nisam htela da razmišljam o tome. Prepustila sam se osećaju punjenja spermom na dva mesta. Zadovoljno sam mumlala dok se vrela muška tečnost mojih momaka izlivala duboko u mojoj pički i ustima. Uživala sam u toploti koja se širila iznutra.

Ostala sam da ležim na krevetu i nakon što su se izvukli iz mene. Pitala sam se šta će dalje biti. Još uvek sam bila raspoložena za tucanje. Zapravo, tek tad sam stvarno bila raspoložena. Prelazila sam prstima preko vlažne pičke i posmatrala ih, očekujući da nešto urade.

Obojica su sedeli u stolicama. Nisu ništa pričali, kao da nisu smeli da se pogledaju. Samo su u tišini gledali u mene. Ja sam uživala u pogledu na njih. Moji jebači su bili potpuno goli. Zadovoljno sam posmatrala dva spuštena kurca i oznojana tela mojih muškaraca.

Darko se prvi pokrenuo. Uzeo je kurac u ruku i polako počeo da pomera dlan po njemu dok me je gledao. Ustao je sa stolice i prišao mi. Drkao ga je dok me je izbliza gledao, a onda me je uhvatio za kosu. Podigao me je gore i okrenuo ka sebi.

Klečala sam na krevetu kad je uspravio kurac ka mom licu. Savila sam se ka njemu i uzela ga u usta. Stavila sam dlanove na njegovo dupe i počela da pušim. Još uvek je bio poluspušten, ali nije me bilo briga. Naguzila sam se ka Filipu, visoko podigla dupe i mešala kukovima. Nadala sam da će to biti dovoljno da poželi da ponovo uđe u mene. Ali koliko god da sam vrtela bedrima, nije prilazio. Sedeo je u stolici sa druge strane kreveta i samo nas posmatrao.

Pustila sam Darkov kurac iz usta i dopuzala do Filipa. Uzela sam njegov u usta i nastavila pušenje. Klečala sam ispred njegove stolice i cuclala. Darko nam je prišao, već sam mu nedostajala. Uzela sam njegov kurac u dlan i drkala ga, ne prekidajući pušenje Filipu. Približio mi se još više i trljao se glavićem o moj obraz dok sam ga drkala. Osetila sam kako mu kurac postaje sve krući.

Odmaknula sam glavu i pogledala ispred sebe. Dve kurčine su stajale dignute ispred mog lica. Imala sam osećaj kao da su neka čudna napaljena bića koja me ćutke posmatraju. Bila sam toliko zaokupljena tvrdim batinama koje sam držala u rukama, da uopšte nisam obraćala pažnju na lica njihovih vlasnika. Kao da su samo oni postojali, samo su kurčevi bili važni. Zadovoljno sam drkala oba istovremeno, i zadivljeno posmatrala kako se tako veliki i tvrdi ljuljaju u mojoj ruci.

I dalje sam klečala naružena ispod njih. Približila sam se debljem kurcu i prvo počela njega da pušim. Dok sam ga uzimala u sebe, osetila sam kako Filip spušta dlan na moju glavu. Njegov kurac u mom dlanu se grčio, jedva je čekao da ga zabije u mene. Nisam ga dugo mučila. Nekoliko puta sam usnama prešla preko Darkovog kurca, a onda sam ga izvadila iz sebe.

Ustala sam i prišla stolu. Izvadila sam lubrikant iz njegove fioke. Nadala sam se da Filip neće biti iznenađen što vidi da znam gde se nalazi, i da neće postavljati ljubomorna pitanja. Samo sam mu pružila tubicu u dlan i poljubila ga. Darko je već ležao na leđima i čekao oslonjen na dlanove. Skinula sam gaćice i popela se za njim na krevet.

Klečala sam između njegovih raširenih nogu, i dopuzala do kurca koji me je čekao. Ponovo sam ga uzela u usta i počela da ga pušim. Obuhvatila sam ga prstima dok sam drugim dlanom polako prelazila preko dupeta. Milovala sam ga i pljesnula nekoliko puta nadajući se da će Filip osmeliti da mi priđe. Želela sam da prestane da se ljuti i da me konačno izjebe onako kako je umeo.

Laknulo mi je kad sam osetila kako se krevet njiše poda mnom dok se penjao na njega. Kleknuo je iza mene, nekoliko puta vlažnih prstima pomilovao po ulazu, a onda nabio kurac u mene. Ušao je lako, moja guza je odavno bila navikla na njega.

Snažno me je nabijao na Darkov kurac. Stenjala sam glasno sa njegovom batinom u ustima, i pušila mu onim ritmom kojim me je Filip gurao na njega. Nisam imala osećaj da me je jebao besno kao prethodni put. Ali još uvek nisam bila sigurna da li je i dalje bio ljut.

A onda sam odlučila da probam nešto što nikad ranije nisam. Izvukla sam kurac iz usta i okrenula se ka Filipu. Stvarno više nije izgledao ljubomoran i ljut. Delovao je samo jako napaljen dok me je polako guzio. Ali želela sam da budem sigurna.

Malo sam se uspravila i približila Darku, i izvadila Filipov kurac iz sebe. Iznenađeno me je pogledao. Uzela sam tubu lubrikanta, i sav sadržaj izlila na Darkov kurac. Nekoliko kapljica sam razmazala po svom ulazu. Prišla sam mu, okrenula mu leđa i opkoračila ga. Sam je namestio kurac na ulaz u moju guzu. Posmatrala sam Filipa u oči dok sam se polako spuštala na Darkov kurac.

Gledao me je iznenađeno, raširenih očiju. Nije delovao ljut, samo se čudio kako mogu da primim taj kurac u sebe. Ponovo sam osetila suze u očima dok sam polako klizila niz njegov kurac. Ali nisam odustajala. Glasno sam zastenjala kad sam osetila Darkova bedra na sebi.

On me je držao oko struka. Oslonila sam se jednom rukom na krevet, i raširila noge najviše što sam mogla prema Filipu. Podigla sam drugu ruku i prstom ga pozvala da mi priđe. Samo jedan trenutak je oklevao, a onda je odlučno krenuo ka nama. Odahnula sam. Konačno mi je pokazao da više nije ljut.

Kleknuo je između mojih nogu i glavićem mi pomilovao usmine. Tek kad je počeo da ulazi u mene shvatila sam da je to bila loša ideja. Videla sam zvezdice oko sebe i vrtelo mi se u glavi. Darkov kurac je stajao nepomično u mojoj guzi dok sam primala Filipa u sebe. Klizio je lako u mojoj pički, ali moja bedra su već bila puna. Bio je dugačak i činilo mi se da je ulazak svakog santimetra trajao satima.

Jecala sam glasno dok je ulazio u mene. Suze su mi se slivale niz obraze. Glasno sam kriknula kad sam osetila da sam usminama konačno obuhvatila njegov koren. Disala sam duboko dok sam raširenih nogu sedela između njih dvojice. Bila sam nabijena sa dve tvrde kurčine, i obe moje rupe su bile potpuno ispunjene. Ispod guze sam osećala Darkova bedra, a ispred sebe Filipovo uzbuđeno telo. Drhtala sam između njih dvojice. Od strasti i neizvesnosti, i od pitanja šta će se desiti kad budu počeli da se pomeraju.

Filip ga je prvi polako izvadio iz mene. A odmah zatim ga ponovo nabio unutra. Bila sam nepomična dok me je jebao. Osećala sam kako se Darkov kurac u mojoj guzi pomera dok sam se ljuljala na njemu.

Držao je dlanove na mojim oznojanim butinama. Uzdahnula sam i polako se pridigla. Sama sam tražila dva kurca u sebi, sad je trebalo i da ih obojicu zadovoljim.

Polako sam počela da ga jašem. Dok je Filipov kurac brzo klizio u meni, imala sam osećaj kao da kao da im se glavići dodiruju, trljaju i udaraju negde duboko u meni. Polako sam se dizala i spuštala. Oznojana i obraza mokrih od suza. Koliko god da mi je prijalo što ih obojicu osećam u sebi, nisam imala snage da ga jašem brže. Filip me je držao oko struka, jebao me je kao nikad do tad. Sve brže me je gurao napred, skoro da više nisam ni mogla da jašem, samo sam se ljuljala na debelom Darkovom kurcu.

Filip se snažno zabio u mene i ostao tamo nepomičan. Trenutak kasnije osetila sam kako me puni spermom. Topla tečnost izlivala se duboko u meni dok je on glasno stenjao i gurao me ka krevetu.

Nije ga vadio nakon što je svršio. Darko me je nestrpljivo lupkao po butini. Počela sam da ga jašem ponovo onda kad sam shvatila da Filip nema nikakvu nameru da ga izvadi iz mene. Oslonila sam se dlanovima na krevet i zatvorenih očiju podizala na Darku. Obgrlio me je oko struka i jednom rukom mi brzo trljao klitoris. Obojica su mi dlanovima napaljeno grabili sise. Kao da su se borili na njima, stezali su ih i gnječili snažno dok sam stenjala između njih.

Darko je pomerao bedra gore-dole ispod mene dok sam se podizala na njemu. Ispružila sam ruke ka Filipu i zagrlila ga. Tako sam mogla brže da skakućem na kurcu. Milovala sam njegovo oznojano telo i dahtala na njegovim grudima. Uživala sam u novoj bliskosti sa njim. Dok sam se sve brže podizala na Darku, osećala sam kako se i Filipov veliki kurac pomera u meni, kao da me je i dalje jebao.

Otvorila sam oči kad sam shvatila da ću ubrzo svršiti. Spustila sam dlan između nogu i sklonila Darkovu ruku. Nastavila sam da brzo trljam klitoris. Čula sam Darkove uzdahe iza sebe i znala da će i on uskoro svršiti. Dlanom je stegnuo moju sisu dok me je drugom čvrsto zgrabio za butinu. Nije izgledao kao da ima nameru da me pusti sa sebe pre nego što svrši. Kad je video da je Filip svršio u mene, verovatno je pomislio da je u redu da i on to uradi. Nije mi smetalo, ionako sam mislila da ga pustim da me napuni. Ako je Filip to već uradio, nisam ni mislila da njemu to uskraćujem.

Počela sam da svršavam čim sam osetila njegovu toplotu negde duboko u sebi. Punio me je spermom dok sam oznojana divlje skakala po njemu. Prelazila sam mokrim prstima brzo po sebi i glasno stenjala. Darkovo prskanje u meni je prestalo a ja sam se i dalje tresla na njegovim bedrima. Držala sam dlan čvrsto oko Filipovog vrata. Njihovi dlanovi su prelazili preko mog oznojanog tela dok sam drhtala sa dva kurca u sebi.

Otvorila sam oči kad sam svršila. Neko vreme sam tako sedela nepomično između njih. Nisam ih puštala iz sebe još neko vreme, želela sam da što duže uživam u tom osećaju ispunjenosti. Kad se Filip polako izvukao iz mene i ja sam ustala. Legla sam na leđa između njih dvojice. Još uvek smo ubrzano disali. Prelazila sam dlanovima polako preko njihovih spuštenih kurčeva i milovala ih.

Posle svega što se desilo, i dalje sam ležala između njih potpuno obučena, sa halterima i nedirnutim čarapama između njihovih golih tela. Izgledalo je kao da se tek spremam za jebanje. Samo mi je suknja bila zadignuta, korset malo otkopčan i korpice svučene sa sisa.

Dugo smo ležali i u tišini ćutke gledali plafon. Znala sam da ću ih od tad jebati obojicu svaki dan, barem dok ne dođe Marija.

Onda sam osetila kako se Filipov kurac pomera u mom dlanu.

”I gde kažeš da ste se vas dvoje prvi put tucali?”

Also by Višnja Savić

Povratak u školu
Magični lift
Čitateljka
Beogradski harem
Između komšija
Klinac iz komšiluka
Tri komšinice
Priče
Strast u doba korone
Ljubavnik po zadatku
Beogradski harem - početak